青 春 永駐

余 學 芳 散 文 集

余學芳飾王寶釧（《大登殿》。民國六十七年淡江大學活動中心。）

余學芳飾白娘子（《遊湖借傘》。民國七十年台北國軍文藝中心。）

The House on the Rock 早期模型（四百五十呎高岩上的建築）

俯瞰完工的 House on the Rock

圖書館

音樂廳（時刻進行電動演奏）

Street of Yesterday

老街的理髮廳

具百年歷史的小提琴彈奏機

鐵達尼號（巨大模型）

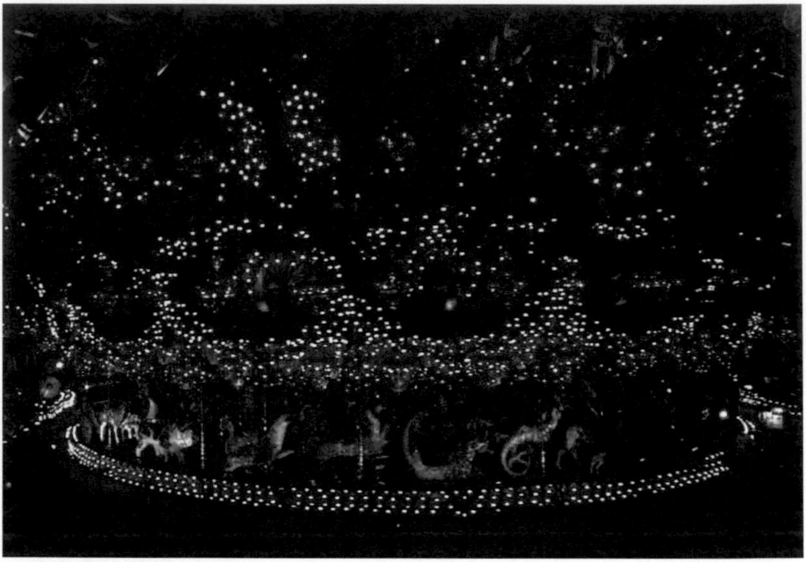

世界最大的旋轉木馬廳

數不清的娃娃屋

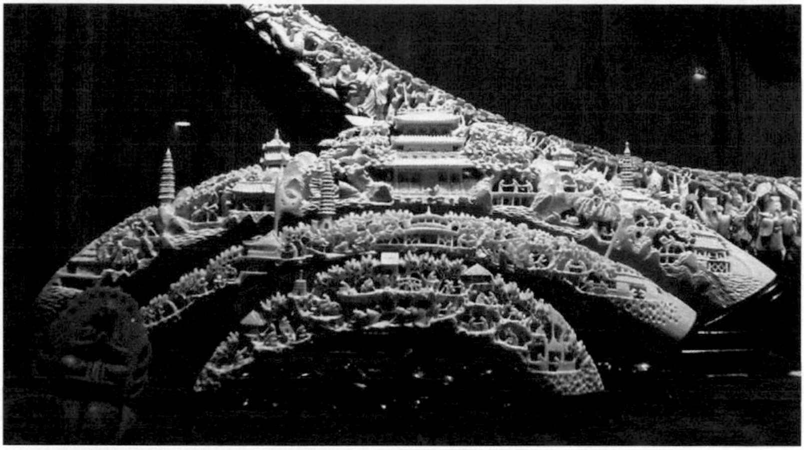

東方象牙藝品

娃娃旋轉木馬廳（上面有數不清的娃娃）

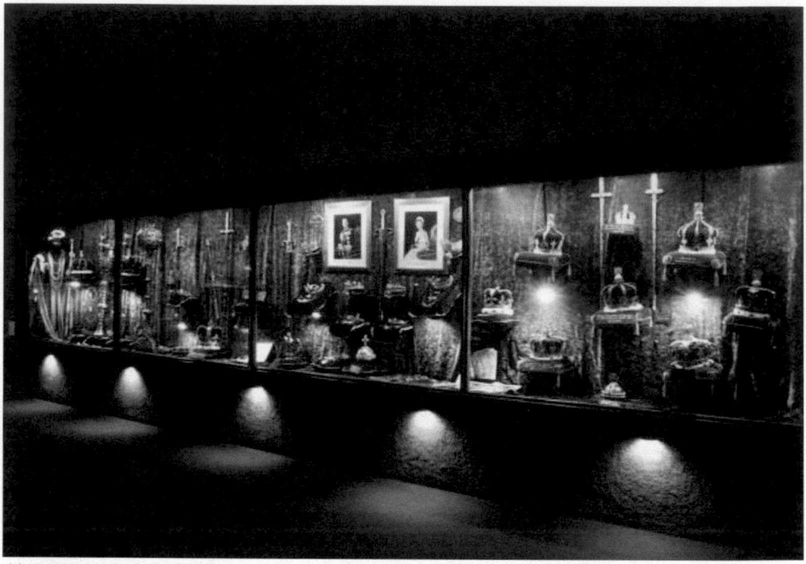

英國皇室珍寶收藏廳

武器廳

【自序】

年輕的時候特別喜歡照相。

因為清楚知道，唯有照片能夠具體留住當下的青春。

記不清起於何時，對洗出來的照片開始喜歡挑惕。心裡很清楚，其實是對自己的影像不滿意，是我敏感的眼睛已經透視到了青春流逝的痕跡。

青春易逝，這是千古憾事。飛揚的流金歲月，燿眼的燦爛年華，歡樂的青春，都將一去不復返，永遠埋藏在記憶深處的百寶箱裡。春去秋來，歲月如梭。眼看一步步走向青春的盡頭，更加緊腳步，要用相機留住青春的尾巴。

大普林斯頓區的中國人，多年前成立了一個婦女慶生會。至今，一個月一次的餐聚，是朋友互相交流學習的好機會。我隨身攜帶相機，樂於充當攝影師。這一群女性朋友，不管愛不愛照相，在面對鏡頭的時刻，都紛紛洩露了畏懼年華老去的心事。

經常出現這樣的場景——見我取出相機，有人迅速掏出口紅粉餅開始補妝，也有人張手遮掉半邊臉，躲躲閃閃對著鏡頭請求：「不要照我好嗎……，老了老了，照相不好看了……。」

這使我憶起高三那年，班上有個同學，老是頂個不合標準的學生頭被教官記警告。五十歲左右的英文老師，為此經常在課堂上給全班開示：「年輕就是美，要珍惜青春，女孩子留學生頭多好看……。」

可當時的我們等不及擺脫古板的學生形象，這樣的諄諄告戒，一點也發揮不了作用。主要還有個原因，英文老師每天梳著蓬鬆捲曲的古典娃娃頭，慎重的臉妝，經常是早上下午各一套新衣，配上新潮的手提包和高雅的皮鞋，時髦的妝扮充滿朝氣，成熟中流露了幾分青春，是女中校園裡的特殊風光，把我們這些插翅欲飛的女孩給羨慕極了，只等著趕快上大學，實現「當如是也」的夢想。

風水輪流轉。走過了少年，告別了壯年，進入了中年，對人生的體會深刻了。「年輕就是美」、「珍惜青春」，竟也成了我們苦口婆心勸說下一代的口頭禪！

年輕時，總自以為早熟懂事，思慮周詳，一切都在掌握中。驀然回首，重新審視我的青春年少，是那麼的氣銳幼稚、自尋煩惱、浪擲光陰、不聽老人言……。感歎的同時，幡然了悟，是因為天真，才會犯那樣的錯。往者已矣，唯自我安慰：「天真是年輕人的專利」，一方面證明我曾經年輕過，再方面也能減輕一點罪惡感和遺憾。如今，看著青春正盛的女兒，滿臉天真，瀟灑地走在充滿未知的人生旅程，做母親的我，只能旁觀、祈禱和祝福！

近年來，眼見幾個升格為爺爺奶奶的朋友，放下矜持，放下身段，放下已經長大的兒女，拜師學起了青春時期就由衷嚮往的交際舞，把日子過得有聲有色。還有朋友，面對空巢的鋼琴想念兒女，竟突然開悟，過去花大把銀子「逼」兒女學琴，其實，最想學琴的根本就是自己，於是自我複製青春熱情，開始實踐鋼琴夢。還有個年紀坐五望六的職業婦女，一年前慢慢一點一滴學古箏，越學越歡喜，多少次閒聊時感嘆：「可惜啊！我為什麼不早幾年學古箏！」

我個人則從中體悟到，任何時候，只要能及時為自己的生活多開扇窗，就不辜負生命歷程中綺麗多彩的風光。記得幾個月前的慶生會上，出現一個話題——明天會更老。當年臺灣的一曲民歌〈明天會更好〉，撼醒了多少年輕激昂的心；而「明天會更老」是近來網路上熱烈流傳的一篇吳玲瑤的文章，透過無奈的人生寫照，發揮了反思作用，呼喚中老年人要把握當下，減少日後遺憾。「明天會更老」的話題，說動了在場某位兩鬢風霜不愛照相的會員；她幽默地自我解嘲一番，從此也要把握機會，在鏡頭前留住人生「初老的風光」。

很喜歡一句話——「兩鬢風霜代表睿智」。它說明，當曾經耀眼的青春沉寂落幕之際，內在的智慧和格局已拓展得既深且廣。我的腦海迸發出一個定義：人生的旅途中，青春在轉型，不停地由外而內的轉型；看似磨盡的青春，其實沒有消失，它奉獻給了智慧，安份地長駐在智慧的寶庫裡，散發更深邃穩重耐人尋味的華光！

懷抱這樣的心境，我頓悟了，青春永駐。

屬於我的青春，永駐在美麗的中國文字裡。

謹序於二〇一三年四月普林斯頓

目次

【生活】

【我看我說】

【遊】

【憶】

最好吃的糕點

童年時代的我體弱多病，餐桌上胃口奇差。一天從醫院返家途中，飢腸轆轆，媽媽帶我在街上的西點餅舖挑了一片蛋糕，我中意的是它精雕細琢色彩奪人的奶油花飾，一路上以捧著藝品的心情端詳到家，全然忘了飢餓。終於，我戀戀不捨地咬上了一口，香濃柔軟的滋味在唇齒間纏綿的感覺很享受。那一刻，我以為已經找到至愛的美食。

從此，每個週六的午後，在學琴返家的路上，就要拐進餅鋪去買一片至愛的奶油蛋糕來犒賞自己。

有天我又草草應付了午餐，在媽媽的叨嘮中，整好琴譜便急忙揮別奔去學琴。其實，小小心靈早已不安地在等待學完琴後的一朵奶油花。

很不幸，這一天我殷殷企盼的奶油花蛋糕賣完了。希望忽然破滅，一顆心便霎時凝結了起來。我無聲地呆立片刻，只見老闆娘又朝我問道：「要不要換一種？」我有點尷尬和心慌，就隨便指了一個。

回到家，失望又疲累地癱在沙發上，悶悶而頹喪地睡著了。

餓極的胃腸渾渾蠕動，不舒服的感覺逼醒了我。我不得不打開包裝紙袋，慢慢咬起那塊不知名也不知形的西點。不料，外皮酥鬆爽脆，內餡綿柔香潤，微甜又微鹹，特殊的滋味瀰漫齒頰的瞬間，令我精神為之一振，立刻一口接一口吃個精光，竟至欲罷不能！

漂亮的奶油花不再是我的希望，另一款前所未有的美味，重新征服了我味覺的記憶。

令人遺憾的是，此後我竟然再也找不到那式不知名也不知形的西點了。好幾次，我不死心地細細描述，老闆娘帶著好奇的表情耐心地一再幫著回憶、揣測和挑選，可我始終都沒再嚐到過那樣絕美的滋味！

終於，我接受了媽媽給我的答案：「那天妳一定是太餓了，才會覺得特別好吃。」同時也相信，自己平日之所以會挑嘴，多半是因為不夠餓。

從那之後，只要聽到飢荒一類的消息，我隱隱約約便會為自己挑嘴的壞習慣感到罪惡。心血來潮的一天，以媽媽經常告誡的「惜福」兩個字命題，反省自己挑嘴的毛病，寫成一篇短文投稿，居然被刊登於我最愛的《國語日報》。第一次看到自己的姓名變成鉛字，並且在朝會上受到校長慎重的表揚，真是無比歡欣。寫作靈感源於一塊糕點，且不論糕點的滋味如何，卻從此令我回味無窮。

（一九九三年一月一日《世界日報》）

秋天裡的紳士

又見黃葉舞秋風，勾起我的回憶。

那年，我初嘗異邦的秋意。西風裡，樹樹深紅出淺黃，人間被渲染成一幅繽紛綺旎的油畫。

一天，窗外細雨斜灑，彷彿為油畫般的秋景披上了一層輕紗，濛濛的氣息釋放出縷縷神秘又浪漫的詩意。雨停了，我忍不住拎起相機，懷抱逍遙的心情邁出居處，要讓當下的生命徹底放鬆，要盡情去擁抱斷虹霽雨中的無邊秋容！

踩上濕潤的黃葉，穿梭住宅區的巷道，獨行踽踽，正可以享受寧靜。越過被細雨洗滌一新的草坪，在潮濕的空氣中嗅到隱約飄浮的泥香，停下來開心地按著快門，卡嗒！卡嗒！……將醉人的景緻一一存入我記憶的寶庫。

可是，誰來幫我照張相，讓我也留影在大好的秋色中？閃過這樣的念頭，隻身飄泊的荒涼感，竟逐漸襲上了心頭，凝聚成他鄉遊子沉重的傷情。突然之間，我只想回家。

仰望迷濛遠天，佇立巷口片刻，將相機搭上了肩背，開始翻看手中的地圖。用心要尋找一條新街道，想要慢慢走回去。我渴望新鮮，新鮮的心情或許可以幫助我忘卻鄉愁。

就這時，感覺有部車子從後方駛近，緩緩停下來，就在我身側不遠處。我好奇地望去，眼見從寶藍轎車裡俯身跨出一位金髮紳士，向我翩翩走近了。我看到他棕色的眸子，盛滿最隨和的眼神，散發出朗朗光彩，彷彿能照亮我的心事。

他停下來對我說話，內容令人驚詫：「好美麗的日子，需要幫忙嗎？我可以幫妳照張相。」

獨自走在異國的土地上，忽然出現一個特別下車來幫你照相的陌生外國佬，這樣的機會正常嗎？那麼，我該如何是好？看他的表情，聽他的言語，可一點也不像壞人！

盡量將隱約的疑惑和猶豫埋入心底，我刻意露出歡喜的表情，大方的遞出相機，在滿目楓紅中讓他替我拍了兩張。

接回相機，我向他致謝道別，目送他俯身入座，優雅離去。

其實，不只要致謝！

在異鄉，在美麗卻令遊子感覺孤獨的日子，在心情失落的剎那，一位陌生人適時特意的溫情，令我百感交集。

還記得當天朋友聽完我的故事，在電話那頭開玩笑：「下次不小心，恐怕會失去妳的寶貝相機什麼的……」

社會上一些爾虞我詐，姦淫擄掠的事件，處處提醒著我們要有防備心，尤其是陌生人。不過，我至今仍然慶幸，當天沒有辜負那位紳士的美意。每當回憶這件往事，總能把那一份磊落的溫情，咀嚼得愈加甘美芬芳，耐人尋味！

也曾想為公園裡身負相機踽踽獨行的遊客，主動付出一份熱誠。才知道其實並不容易。才知道，當年秋天所遇見的那位紳士，是多麼地胸無罣礙！情感瀟灑！

我也不禁感慨！如何才能挽回這個時代人與人之間逐漸淡薄消逝，甚至刻意隱藏的真情？

多麼懷念啊！我年少氣銳，不識機心的歲月裡，同學之間輕鬆互動的天真情懷！

（一九九三年十一月三十日《中央日報・世界華文作家周刊》）

還記得我吧

賀卡用完了，鎮上頻傳車輛在滑溜的雪地擦撞的事件，丈夫開車載我出去挑選卡片，也順便欣賞雪花紛紛揚揚的街景。

都說，威州擁有最神秘誘人的聖誕節景！樸實的威州居民，都是風雪中的勇者。這裡年年過著白色聖誕節，家家戶戶珍惜這樣的佳期，都用心要讓紅紅綠綠的耀眼燈飾穿越草坪，攀附枯枝，漫佈牆簷，最後一定能將飽受風雪壓抑的蒼白庭院，妝扮出豐富絢麗的風情，熱烈地向有心的路人眨眼，也向寂靜的夜空閃爍爭輝。

我們的車子彷彿開在雕鏤精緻的銀色世界裡，我的喜悅和熱誠升騰欲飛，急著讓遠方的朋友分享雪白的心情！

在落地窗前的餐桌上將卡片逐一貼上郵票，和煦的冬陽靜靜地灑遍姓名，也溫暖了我的回憶，朋友們一個個熟悉的眼眉輪廓，竟紛紛跳脫出我記憶的閘門。

這些朋友，曾經和我過去的生命一同呼吸，彼此扶持，共度歡樂或悲哀！每次想到他們，總會再關心起往昔曾經關心過的一切。結婚沒？出國了嗎？健康進步了多少？單戀的痛苦是否解脫了？婚姻的不美滿是否克服了？……。有些已經好久不再有音訊，記憶只好停留在多年前最後的一次聯絡。滄海桑田，偶爾輾轉聽到的是令人感傷的消息。因此，卡片還是會繼續寄出的，冀望藉著一年一度理所當然的問候和關懷，為寒夜添增一點溫暖。

昨天，意外地收到一張卡片，封面清清楚楚的姓名，煞那間在腦海勾引出許多清清楚楚的往事。這個單身時代的同樓室友，善良、熱情、性急，很容易和同性相處，卻三番兩次嚇跑異性的一個女孩。

迫不及待拆封閱讀，第一句竟是：「還記得我吧！」

「還記得我吧！」順口捻出的一句，叫我驚住！朋友，九年前妳曾從家鄉寄來快遞，為冰天凍地裡孤獨懷鄉的我帶來無限溫暖，怎麼可能忘記！然而，究竟什麼原因讓彼此斷訊了這麼多年？最近她將隨團來美，急著向我打聽連絡電話。和臺灣許多朋友一樣，以為只要飛抵新大陸，距離的阻礙便很容易克服了，懷抱熱情，要把握這個跟老朋友重溫舊情的好時機。

這些年來，經常懷念一位給過我很多照顧的朋友，偶爾會從家鄉撥來電話，告訴我一些有關的人、事，慰藉我的鄉愁。今天我的心情很特別，特意抽出了寫給她的卡片，找到一處適當的空白，慎重地添進了幾個字：「我永遠記得您！」這一句屬於我年少時代的熱情用語，已塵封數年，如今隨著成熟的心情流入筆尖，凝聚著最濃稠的意義。

人生沒有不散的筵席！而席散回首有盈盈纍纍的回憶值得珍藏。春去秋來終會老，最珍貴的是——到了視茫茫髮蒼蒼齒牙動搖的年紀，驀然發現，多年失卻連繫的摯友，仍然擁著默契，互相懷念，彼此記得！

（一九九三年二月九日《臺灣新生報》）

老人的容顏

隨著年歲增長，天真會緩緩退去。當思想慢慢成熟，經驗逐漸豐富，真正懂得了人生的無奈，深刻地體會過生命的無常，在這樣的時候咀嚼起某些往事，很容易勾引出不堪的蒼涼和遺憾！

那年我十二歲，念臺南縣新營鎮私立公誠國小。住家附近有個幼稚園，操場右邊的草坪，展開一條翠蓋綿延的黃土窄道，是我上學的捷徑。

有天放學，暖陽篩過枝葉，在小道上灑佈活潑細碎的金光，我半瞇的眼睛遠遠看見道旁的石階上緩緩走下一個老人。經過石階時，老人忽然喚住了我，慈藹地問我叫什麼名字？幾歲？幾年級？家住那裡？

從此，不論陰晴，每天放學時，候立石階下的老人，總要和我講上幾句。當時十分膽小害羞的我，竟莫名地感到畏怯和不知所措。我清楚知道，這位陌生的老人，是特意來等待我的。

那時候，因為一場大病，曾長期休學，在死亡邊緣掙扎過的生命脆弱悲觀，不能承受一點點委屈。有一天，終於跟母親說出了害怕上學的原因；除了安慰我之外，母親去拜訪了老人。

老人的家鄉在大陸。亂世，先他離開大陸奔臺的親人，不幸都隨著巨輪沉入了無情的大海……。當年和我一般大小的孫女兒還留在大陸……，見我長得像他孫女兒，好生歡喜……。

我不忍心再聽下去了……。懷想老人的心境，必定和我的父親很相似，從小就聽父親不斷地重提著安徽老家，父親那哀傷的口氣和無奈的眼神，早已深鑄我心。然而，更悲慘的是，大海還吞噬了老人的至親。

老人從此不再出現了。我想像他長年以來一個人生活，在寂寞的小屋裡只能傷感懷舊，無依無靠，多麼淒涼！

每天我仍會經過石階，走在離他最近的那一刻，內心總會產生長長的無奈，只因為膽怯害羞，從來沒有勇氣拾級叩門。老實說，當時的我不知道要如何和一個老人當朋友。

老人終究不再出現。想到自己辜負了他的美意，打碎了他的希望，內心一度深深地感到歉疚。升上了國中，不再需要經過石階小道，隨著課業的忙碌，這段往事便一點一滴逐漸被遺忘了。

往事原來並未遺忘，只是暫時沉睡記憶深處！

高三，遇到一位慈祥的國文老師，居然留著和我們一式清湯掛麵的頭髮，花白的學生頭配上古意的旗袍和老式的寬邊眼鏡，是臺南女中校園裡十分醒目的標記。

上課不久，輾轉聽說了一則故事——多年來，國文老師一直苦苦等待著他們在戰亂期間失散的愛子，數十年如一日，她刻意保持裝扮，唯恐遺漏掉任何一個母子相認的機會。

於是，我記憶的閘門乍然開啟，老人的身影清晰迸現。慈祥的面容，溫暖的微笑，頎長的身型，淡色的藍袍，撐傘佇立雨中的清雅……。

大學，我負笈他鄉，後來全家北遷，遠離新營以後，我竟然曾在夢裡遇見過老人；時間一年年過去，見我身邊的長輩各個都顯出了老態，更容易觸發我懷念起當年老人的容顏。

旅居美國數年後，兩岸終於開放了。人潮一波波湧回彼岸探親尋根的時刻，我更想起了老人。想起那個時代的悲劇，曾吞噬過多少生靈，分離了多少骨肉，拆散了多少家園，毀滅了多少希望……，一切的不幸都無可挽救。如今，曾令多少人朝思暮想的家園終於可以回去了，老人，您在哪兒？您回得去嗎？分隔四十年的孫女兒，還能相聚嗎？

深夜，窗外還在飄著雪花，在和老人東北家鄉同緯度的威州，我再度想起老人親切怡然的容顏！

捻上心香一束，願能傳送四字，捎去我誠摯的心意。

（一九九四年七月十一日《世界日報》）

七年昭雪

「七年昭雪」是我上國中那年轟動南臺灣的一則新聞標題。大人們茶餘飯後的閒話家常，至今仍深印我腦海。

某村有個農夫失蹤了，下落不明，失怙的妻兒，哀慟無依，艱苦度日。七年後，農夫的長子赴軍中服役，軍方某貴人聽他陳述悲痛往事，為其孝思所感，遂協助提請警方重新偵案。

年日已遠，線索渺茫，在樸實的年代，發生在臺南縣鄉下的農村，那實在是一樁稀罕的奇案。

當時由一位頗具功勳的刑事組長負責偵辦此案。組長日日絞盡腦汁，微服出巡，在民間仔細查訪，最後運用相關的資料，抽絲撥繭，做出了唯一並且肯定的假設——仇殺。

證據何在？屍首何處？

屍首可能埋藏在附近的田泥深處。

上司雖不排除這樣的判斷，卻也不贊成貿然挖田尋屍。誰能為充滿變數的後果負責！求證無門，組長只能日日徘徊在假設邊緣，將眉心深鎖。

組長的妻子，平日茹素拜佛，敬重神祇。賢慧的她逕自備妥鮮花四果，遊說因懸案難破而廢寢忘食的丈夫，一起去膜拜事發當地的土地公。

當日夜眠中，土地公竟然前來托夢指引！從來不迷信的組長，隔日起早焚香禱告，大膽地做了決定，開始著手進行既定的計劃。於是，挖土機浩浩蕩蕩開進了大田，在隆隆聲中展開地毯式的搜索。

從四方傳來諸多反對和懷疑的聲浪，組長飽受層層壓力。警界、田家、民間，紛紜嘈雜的意見，緊緊包圍著組長的憔悴和焦慮。這是一場沉重的賭局，押著輸不起的賭注。第一天，頂著艷陽親自督導，直到夕陽歸山了，一切仍渺無蹤跡。組長內心當然十分徬徨，想那漠漠田疇，只怕田泥翻盡，一切成空，何以收拾殘局？

不知是什麼樣的力量支持著組長的毅力。次日一大早，田埂上依舊佇立著組長堅挺的身軀。烈日下，汗珠自他額際晶瑩滑落，令他連想起受難家屬縱橫流淌的頰淚，也使他更迫切希望及早發掘出事實真相。

午後的田間，除了太陽，大地一片懶洋洋，刺眼的藍天裡，鳥雀稀疏，明顯的見到一隻大黑鳥，盤飛而下。大黑鳥緩緩飛近了，落在離組長不遠處的田裡跳躍大叫，又忽然振翅而起，彷彿選定了目標一般，朝組長而來，最後雙爪竟然大方地停留在組長的寬肩上。一會兒功夫，大黑鳥重新展翅，遠遠近近，吸引著組長的注意力，最後飛到東區田間，不斷地在那一帶的半空盤旋，一面奮聲嚎叫……

組長當下心有所感，萌生一個新念頭，下令工人將挖土機轉移到東區鄰居的田地。此時此刻，組長已經顧不得他人的想法和鄰居極力的反對，也無人體會得到他內心微妙的第六感。針對此事，南臺灣的地方新聞連做了幾天大幅的報導，當地農村混雜著一片新鮮和緊張的氣氛，有湊熱鬧的，有看笑話的。

然而，有誰能真正料到，竟然從鄰居的田裡挖出了一具屍骨！在眾人的驚呼聲中，組長緊繃的神經乍然紓解，多少日子來所背負的千斤重擔終於抖落肩頭。

為了私人恩怨，在月黑風高的一個夜裡，睡在院欄裡守護家禽家畜的農夫遭鄰居給殺害了。殺人魔將屍首扛到自家田裡，大綁、上釘、掩石灰、覆田土；那些苦心經營的邪術並不靈驗，大繩大釘，栓不住沉冤魂魄，深厚的石灰田土，也擋不住天理正氣。一樁無頭公案，歷經曲折的機緣，終於在七年後水落石出。

人類利用智慧，可以成全暫時的慾望，可能改變荒唐的歷史，無所不至。然而，天道不容偽，天地之性人為貴，豈容世俗任意戮害殘殺。在我的宗教觀裡，冥冥當中必有主宰。現世報固然容易說服人心，那大輪迴的真理，誰說不是宇宙人間生生世世的指標。

當年破案的刑事組長，那陣子南臺灣報紙上的風雲人物，就是我的父親。至今，父親每提及這件往事，總覺得如有神助。我則年復一年愈加深信：天下有奇蹟，舉頭有神明。

（一九九四年十月四日《世界日報》）

回到雪地

初夏，遷來多湖多景的威州，正逢舒爽的氣候。織錦如畫的平疇綠野，瀅潔如玉的浩浩長空，處處展現寧靜誘人的風情。據說五月冬雪大赦後，居民便開始了他們最活躍的季節，在柳姿嫵媚的湖岸垂釣露營，在綠意盎然的腳踏車道上追逐馳騁。又聽說這是個農業州，居民們都很敦厚實際，友善真誠。

早一年搬來的鄰居好奇問道：你們從南方遷來，可清楚威州的長冬漫漫，盛雪霏霏？

其實，我們曾在比鄰伊州經歷過數季冬雪的洗禮。

想起溫暖的臺灣，看雪是一件奢侈的事，土生土長的我，對風景圖片裡的銀色世界充滿幻想和期待。終於飛到了伊州香檳城留學，逢寒冬輒大雪連綿，生活裡深刻地體會到，賞雪是需要付出代價的，它柔軟如絲覆蓋大地之際，往往也直接間接對食衣住行造成了種種不便，充滿折騰和無奈。從此，我一心想要擺脫風雪的糾纏，嚮往氣溫平和之地，羡極了住在加州或南方的親友們。

畢業後果真如願搬到罕見冰雪的南方了。溫暖的氣候卻照不開我的心情，不習慣當地的環境，天天想的都是伊州香檳。逐漸地我開始病痛不斷，醫生診查不出病因，丈夫直斷我害了「相思病」。

那是個稀罕的日子，新聞熱烈播報小鎮要下雪的訊息，看到鄰居孩童們的笑臉，使我憶起故鄉人盼雪的心情。翌晨，簾幔外的世界果真覆蓋在雪花織成的白毯下，我彷彿嗅到了香檳小鎮上獨特的氣息。剎那間，昔時在風雪中甜酸苦辣的留學生涯，在眼前穿梭出一幕幕活潑的景象，跑馬燈般在腦海中翻騰激盪了起來，心情竟充滿了感傷。

是了！是相思病。我知道，不僅是為萬里外的鄉關，也為我的異邦之鄉——香檳，這個來美所居住的第一個城鎮。遺憾的是，當日依偎在她的懷抱時，總視它為「雞不拉屎鳥不生蛋」的地方，浪擲了多少心情和享受。

如今又回到雪地了，我懷抱新信念和希望，既來之則安之，要把未來的日子用心過。威州第一場雪在十一月初降臨了大地，像老友重逢般令我雀躍。

我很清楚，雪地裡冰寒困蹇蟄伏難耐，可也深刻體會到，凡事有一失必有一得。其實，雪花如畫、山景如夢、川原如雲的詩境，早已在我內心深處占穩一席地位，永遠永遠都是我的最愛……。

（一九九四年十一月一日《中央日報・世界華文作家周刊》）

走過從前

懷念起那一段日子。

塵封舊事，儘管有令人不堪回首的，然而，更有令人不肯遺忘的。

八七年春天，開始我的留學生涯。猶記得深夜飛抵新大陸，甫出機場，立刻被街燈下純白無瑕的世界吸引住。飄雪的日子裡，愛上了清新脫俗的雙子城——俄班那・香檳（Urbana-Champaign），美國中西部伊利諾州擁有數百名臺灣留學生的大學城。然而，也很快地遭遇到適應上的瓶頸。

首先逃不過寒風中的流行性感冒。病懨懨的日子裡，魂繫萬里鄉關。親人的支持，朋友的關懷，可口的珍饈佳餚，街頭的五彩霓虹，北淡鐵路上的柔霞暮色，遙迢濃霧裡的靈秀觀音，一一入夢。夢醒失落，惆悵空悲，對眼前的一切產生迴異的心情；純白潔淨的堅冰其實滿佈著狡猾的陷阱，紛紛揚揚的雪花也不像天使純潔的羽翼。

屬於教育系電腦輔助教學組，各種教育專書又厚又重難消化。必修的電腦科目宛若天書，聽難懂，讀難解；查不完的單字，寫不完的報告。屋漏偏逢連夜雨，春末爆發了一場怪病，經過三星期的掙扎，劇痛的腰部竟出現一片紅疹，至此確定，乃兒時潛伏體內的水痘病毒所引發的後遺症，所謂的「帶狀匍行疹」（Herpes Zoser）。

於是，那年暑假不修課，休養之餘，經歷了許多新鮮事。天氣清朗的五月，先生耐心地教我學會了開車，帶我踏遍寬闊的校園。最愛駛向郊外空曠的田間，縱情呼吸原始的氣息，遙看神秘的日出，守候浪漫的夕照；最愛去傳說中最美麗的森林湖，廣袤的綠意深邃如詩，粼粼的波光倒影如畫。

輕鬆的心情特別喜歡體驗有變化的生活。和另外兩家朋友收羅了各方前輩提供的資料，合租一輛旅行車，進行暑假最流行的加拿大多倫多之旅。不料，抵達翌日，去到瀑布區就發生了意外。誰也沒有注意到，我們的旅行車高過地下停車場的入口，長驅直入撞凹了車頂，擋風玻璃碎落一地，慘不忍睹。因而受困加拿大收拾這個爛攤子，一面苦中作樂，在當地租車繼續旅行。最後搭飛機回到美國，花兩個月時間處理保險理賠事宜。回想這段往事十分不堪，然而，事後我們都用正面態度去看待這件意外——也許還得感謝冥冥當中上天慈悲的安排，讓我們重罪輕受，花錢消災！那樣的折騰，也鍛鍊了我們的能耐、警覺性和成熟度。

趁暑假結束前，要學的東西很多。幾次聚餐，發現前輩們各個都能露一手。有個學姊當眾說了個大笑話，她到美國第一次燒飯，打越洋電話回去問媽媽：「洗米需不需要用洗碗精？」這個人人公認的大廚，竟然也有過這麼八卦的經驗，新手聽了各個信心倍增。慢慢地，油飯、糯米腸、粽子、酒釀、碗粿、蘿蔔糕、蛋黃酥、肉圓、牛肉乾、豆花我都能做了。最有意思的，還幫朋友燙了個雞窩頭，為了去參加婚禮。

遊子在就學地舉行婚禮，多麼希罕的盛事！一群好朋友組織籌備會張羅大小事務。當天眼界大開，許多學生太太以及太太學生紛紛展現磨練出來的好手藝。喜氣洋洋的明亮大廳，五花八門的中國結飾、精巧細緻的民俗紙雕、豐富飄香的宴客佳餚、純白整潔的桌巾、水晶瓶裡一支支鮮豔欲滴的玫瑰……。

教堂裡擠滿的多是莘莘學子，有攜家帶眷的，有孤芳獨身的，笑聲流溢四方，熱鬧溫馨。雙方家長都特意從臺灣趕來。新人男俊女俏，才學兼具。看他們美夢落實，如今滿載祝福，幸福地踏上異邦的紅毯，就要一起去開創屬於兩個人的世界。

參加完婚禮，頂著雞窩頭的朋友給我送來一些親手種植的絲瓜、空心菜、帶梗的新鮮蕃茄。學校凡事周到，特別為客居異鄉的學子，在宿舍邊區規畫一片農田，有限的數十單位。早點去申請，得到分配，可以隨心所欲種些自己偏愛的蔬果。

此後，夏天黃昏，我們時而迎著天邊霞彩，在優雅的人行道散步，時而奔向嫩綠的菜園，好奇地觀察宇宙中奧妙的新生命。我們逐漸認識了那一群「農夫農婦」，斜陽下，各國學子一起耕耘大地，分享經驗，孩童們也齊混一旁，玩在紅紅綠綠的瓢鏟水桶泥巴之間。那麼一天，在陌生燦爛的笑容裡，居然遇見了大學時代十分敬愛的一位老師的兒子，當下恍惚有「他鄉遇故知」的激動。後來又知道，他賢慧傑出的太太，曾經是臺大的榜首。據說因為男孩撞壞了女孩的車，因而譜出了一段姻緣。類似的佳話還有幾樁，邱比特的美意，分解了孤獨兒女的壓力，永遠叫人津津樂道。

獨身學子，漂泊海外，缺乏照顧，經常的壓力無人分擔，生活上的孤寂不難想見。在學生家庭裡，發生了一件令人不勝唏噓的悲劇。

是第二年春天，我懷孕的初期。有位朋友對嚴重害喜的我特別關心，有一天她神色倉惶地跑來，顫抖著告訴我，某某人的太太自殺了！根據目擊者描述，那個想不開的學生太太瘋狂地加速，猛然衝向高速公路上的橋墩，後車窗燎出火舌，一霎時烈燄騰飛，車毀人亡……。

博士班的學生家庭，由於背負沉重的壓力，夫妻之間糾紛頻生，在理智失控的一天，爆發出如此悲劇。這件事之後，朋友間總愛互相安慰，說些：「凡事但求盡其在我」，「不要和自己過意不去」，「船到橋頭自然直」。經歷這場震撼，學生圈裡，人人對生命都有新的體認和反省。凡事應該互相諒解，彼此應該互相珍惜。

害喜前三個月最難熬，我繼續修課，體貼的先生是最大的支柱。我逐漸大腹便便，諸多不適和不便中，仍堅持在暑假結束前完成碩士學位。九月底，淒豔美絕的楓紅染遍了雙子城，女兒提早三週來報到，母親正好依照計劃飛來給我坐月子。大約是剖腹失血太多，朝思暮想的母親出現病房時，我頻頻發抖，看到她慈祥的笑容以及比從前花白許多的鬢髮，更是百感交集。海外升格當媽媽的遊子，可以了解我的心情！

想當初豪情萬丈來美唸書，當了媽媽以後，反而放棄了入學博士班的機會。那時候臺灣婦權已經十分高張，大概不能想像美國許多高級知識婦女產後主動辭職，等孩子三、五歲送入了學校，才再重新出發。當初的這份堅持，使我能夠全心支持先生，教養孩子。海外相依為命，我一心追求的是小家庭的平安和健康。

於是，伴隨先生度過最緊張忙碌充滿壓力的日子。春去秋來，看著女兒一天天健康長大，會說了，能走了，每一個階段都帶給我們無限的喜悅和安慰。隨著女兒的成長，使我們對美國的兒童教育，有了最直接的認識。

先生畢業後謀得大學教職，我們依依不捨告別了可愛的雙子城。多年來，思念之情未曾稍減，幾次輾轉遷徙，似乎為的是尋找香檳・俄班那一般的懷抱。

而今早已知道，沒有任何地方可以取代我心深處這個最美麗的城市。因為，它堅實的土地上，深烙著我們寶貴的韶光年華；因為，它宏偉壯麗的學府，指引了我們的前途和目標。

懷念起那一段日子。我心存感謝！

（二〇〇二年一月十七日《世界日報》）

最深情的一章

跌斷了腿，諸事不便。星期六的早晨，我抬高裏著石膏的左腿，雙手配合右腳小心使力，緩慢挪動臀部一階階「坐」下樓去，才上了輪椅，電話便響起來。以為是小妹的定時問候，先生毫不考慮將話筒遞給了我。

電話裏傳來一個熟悉又特殊的聲音，呼喚著我塵封將近二十年的綽號。我感到一股熱血湧上來，愣了幾秒鐘，毫不猶豫脫口而出：「小喵！」剎那間，遙隔的兩方同時迸發出欣喜若狂的情緒，都以提高八度的聲音想要爭說第一句話……

小喵是我大一在西班牙文系的同學兼室友。談得來，彼此惺惺相惜。後來我轉系，也不再同寢室，畢業、就業，直到出國前，都還保持密切聯絡。誰料出國以後，學業、婚姻、孩子、事業，忙碌的生活，時空的距離，無常的遷徙，和一些老朋友不知不覺竟斷了音訊。

掛上電話，興奮的情緒持續澎湃，耳際猶迴盪著小喵銀鈴般清脆的笑聲，一個個同學的眼眉輪廓，紛紛騰躍出我記憶的閘門，許多幾乎遺忘的往事，以夢幻般的劇情在我眼簾重複播放。

闊別二十年，小喵用心尋找我，好叫我感動。我靈機閃動，立刻將輪椅推到書桌前，打開電腦一頭栽進Google搜索站開始尋找老朋友。

每輸入一個姓名，滿懷新鮮的心情和莫名的希望，興奮地細讀螢幕上所顯現出來密密麻麻的資料，不厭其煩地深入相關線索仔細篩檢，一旦確認找著的果然是多年離散的朋友，眼睛牢牢盯住網頁上的照片，手撫著發麻的石膏腿，就忍不住要狂喜一番。服務於教育界的朋友，搜索起來特別容易，無奈的是，也屢屢過濾掉一個個不相干的同名同姓……。直到發覺自己的眼睛又酸又痛，還有那沉甸甸的石膏腿，怎麼擺放都不對勁，瞄一眼電腦右下角的電子鐘，居然已過了子夜時分，這才帶著一身疲倦，抬高腫脹的腿，慢慢一階一階「坐」上樓去。

在寧靜的黑夜裏躺下來，反覆咀嚼著發出去的幾個電子信。信裏還是小心問道：「請問你是不是某某年畢業於某某大學的某某某？很抱歉打擾你，然而我懷疑你可能是我的老朋友。」原本擔心的是——這樣的行動是否太唐突，卻驀然發現，我心深處，坦然的摯情裏，其實是帶著幾分怯意；時移事易，在想念遠方朋友的時候，最關心的問題——是否平安無恙？

努力沒有白費，電子信獲得了回應，真叫我既驚又喜！很高興得知這些個朋友都平安健康，都有一個或兩個小孩，其中一個好不容易老來得了雙胞胎兒子，懷著感恩的心情娓娓陳述上天所賜與的雙重祝福！

這期間還收到一個陌生人的伊媚兒。這位和我的同學擁有相同姓名的女孩，想必是不忍心見我尋友失敗，回我一封熱情洋溢的電子信。她試圖要安慰我的那份善良心意，流露珍貴的赤情，撼醒了我曾經年輕的心！

最要感謝科技的進步。神奇的網際網路，克服時空的阻礙，助我實現的是一個二十年前不敢輕觸的美夢，為我平凡的日記，刻烙出生命中最深情的一章……。

（二〇〇四年八月二十一日《世界日報》）

重逢

那是個夏天，大學畢業數年後我們第一次重逢。先在某個餐廳熱烈敘舊，繼而並肩逛著臺北的鬧街聊天。夜幕低垂，小喵使用簷廊下的付費公共電話和熱戀中的情人問安。還是單身的我，等在一旁，羨慕著她也祝福著她……。

那日一別，就是二十年！

二十年後的今天，過了一枝花的年齡的我們，再次重逢。

隔著大半個地球，體貼的小喵早在伊媚兒裡一再保證，要找個對我最方便的地點會面。每次返臺，出門時總是計程車代步，這可是二十年來第一次搭乘臺北公車。「記住！國賓飯店下車，下車後往前走，會碰上南京西路……。」

從新北投出發，我依小喵前一天電話裡的叮嚀，選搭二十年前最熟悉的218。上了車，學著前面的乘客迅速地刷一下弟媳婦為我準備好的悠遊卡，對這種公車上的進步感到很新鮮。我又依照姊姊的叮嚀，請司機先生國賓飯店提醒我下車。發現司機先生穿著英挺的制服，頭上還戴頂帽子，頗有三十年代的古雅氣質。

沿途，我懷著遊覽的心情眺看窗外，一個個熟悉的站牌，莫名地觸動著我心深處的記憶；想要具體地補捉些什麼，卻又說不出個所以然來。只覺得中山北路變了，多了些冷清和孤寂。記憶中的中山北路是非常熱鬧的，行人車輛往來不停。

印象中未曾到過南京西路。我像劉姥姥進大觀園，走在人車擁擠的路上好奇地東張西望；一眼就瞄見「TASTY」幾個紅色英文字母，高高佇立在對街琳瑯滿目的商業招牌裡。等候在馬路的這一邊，只見紅紅綠綠的車輛往來狂奔不停；我先是猶豫一下，傻了片刻，忽地清醒過來，趕忙就近找到地下道入口鑽進去。重見天日的一刻，精神為之一振，得意地仰望著頂上的招牌喃喃自語：「TASTY！」彷彿已經見到了小喵！

小喵激動地報告多年來尋找我的經歷。我只是笑，強忍住隨時將會迸出的眼淚，別後曾有的失落感，完全被這飽滿的溫暖融盡了。餐廳的一邊，一群年輕人，燦爛的容顏和瑯瑯的笑聲把青春裝飾得無懈可擊。雖然我們彼此都覺得對方沒什麼改變，然而，看著眼前這一群裝扮現代的年輕人，清楚對照出我們的青春不再，直嘆往事不堪回首！

二十年前寄去小喵娘家的信被退回美國，封面印上「查無此址」，多年來每當咀嚼這四個字，便當作永遠失去聯絡了。直到去年，小喵努力尋找到了我。

而這樣的重逢，恍如隔世。我們都說了半天的話，還是有滿腹的話來不及說。於是和二十年前一樣，繼續逛街聊天。

小喵特地帶我進到「新光三越」，見識臺灣的最新風貌。走出氣派輝煌的百貨公司，已是掌燈時分，星光下一片車水馬龍；我們被前撲後繼的人流擠到對街，邁入「衣蝶」。不論「新光三越」或「衣蝶」，對我來說都很陌生。新光三越琳瑯滿目的展示，多的是來自國外的產品。天已黑，放鬆地坐在裝潢新潮又浪漫的衣蝶裡，我們享用歐美進口的冰淇淋。此時此地，臺灣的一切都跟以前大不相同，只覺得坐在我對面的小喵才是「本土」的，是我熟悉的。我們一面吃著冰淇淋，跟從前一樣，回憶過去，談論現在，幻想將來。

中年人，話題脫離不了保健。都感歎白髮可以染出時髦的顏色，退化的體質卻不可能重現年輕。聽說五十肩早早就向我報到了，小喵立刻撫著左肩要我教她做復健。我毫不猶豫站起來，高高舉起右手臂，將它貼近桌邊的大玻璃，同時叫對座的小喵也站起來，學我做手臂滑上縮下的運動。直到發現窗外過往的行人在街燈下好奇地朝我們倆張望，才驚覺失態，趕緊收手就座，一面捧腹大笑。就這時，小喵先生來電話問候。和先生（二十年前的情人）講電話的小喵，風情語氣一如往昔。掛了電話，我悠悠道：「小喵還是小喵！」她用銀鈴般的笑聲回敬：「老余也還是老余！」學生時代，我並不喜歡大夥強加給我的綽號，如今聽來竟感到特別地親切和珍惜，又彷彿看到了年少輕狂的自己。

重逢是喜悅的，卻終要面對離別。我向來不擅長扮好離別的角色，當年出國，就刻意躲避跟朋友做正式的告別。在美國幾次搬家，每回都是低調的遷離那片已經埋下感情種子的土地。

這一天總要結束的。我們一起走出了衣蝶大門，就地站立一會兒。正不知如何開口，小喵很快地說了一句：「抱一個」；擁抱的同時，我也很快地說聲：「謝謝！小喵再見！」就這樣各自轉身而去……。

走了幾步，我忍不住回頭，看那熟悉的背影，在街燈下捲入模糊的人潮……。

（寫於二〇〇五年十一月）

舞向太極

十六年前，外子轉任威斯康辛大學。體質畏寒的我，搬到威斯康辛州，就像搬入了「冰箱」。嚴冬裡，我成天手腳冰冷，毫無生氣，健康每況愈下。

總算盼到了春天，意外的結識了從武漢來美國女兒家度假的張阿姨。在人生的旅途上，自認是個幸運兒，感謝蒼天，總適時讓我和一些友善的朋友結緣受益。就是張阿姨，她領我跨入了太極拳的殿堂！

之前，沒見過女人打太極拳。看張阿姨打拳，像一支精緻的舞蹈。

我愛舞蹈！九歲那年，帶著妹妹一起去學芭蕾舞，隔年我因腎臟病休學，也停止了熱烈追求的芭蕾舞夢。對於舞蹈的感情，不曾忘懷；而從小的印象，太極拳是屬於叔叔伯伯的健身活動。休學兩年，隔壁的乾爹乾媽，每天清晨帶著我在居家附近幼稚園的草坪上呼吸新鮮空氣。晨霧裡，乾爹兩手在空中晃來摸去，一摸半天，就叫太極拳。真是乏味極了！

從小我不愛運動。國中時體弱多病，校方特准我免上體育課。女中三年，幾次屈蹲在平衡臺的一端發抖，不曾達到立姿行進的要求；又總是和膽小的同學躲在遊泳池畔相依為命，堅持當旱鴨子。對於體育，我從來只求及格過關。

這樣的一個人，可能打太極拳？

原來，人是會變的。大概因為行近不惑之年，在這時候認識了張阿姨，對太極拳開始產生不一樣的感覺。小鎮上沒有多少中國人，我和張阿姨理所當然成為親密的朋友。不記得怎麼開始的，我學起了太極拳。

太極拳每一個細節動作都有學問。外表含蓄優雅，內在自信穩重。我欣賞張阿姨舒緩有致的肢體語言，貼著微風，虛實呼應；我細品張阿姨從容有度的起吸落呼，行拳出腳，綿密相隨。在學習過程中，我逐漸懂得如何控制浮動的意念，任無求的心去擁抱沉澱在空氣裡悠閒的氣息。這像是一支為撫慰身心而設計的舞蹈，自然、沉穩、耐人尋味。我相信它可以拯救我的健康，我深深愛上了這樣的舞蹈！

張阿姨停留美國的時間有限，進度上顯得特別緊張。每天除了固定的時段，還積極把握瑣碎的時間練拳。在張阿姨回大陸前，我學會了二十四式基本太極拳。從此，開始在太極拳的世界裡單飛，獨自摸索，健康方面也有明顯的進步。

兩年後，我們遷來新澤西州的普林斯頓區。這個人文薈萃的環境，不乏來自兩岸三地的中國人，我很幸運結識到幾位太極拳同好，互相鼓勵，分享心得。十多年來，在不間斷的學習中，越加體會到這個領域的廣博精深，學無止境。

打拳的時候，總會想起張阿姨。世界這麼大，分隔海峽兩岸的兩個人，越過千山萬水，巧遇在幅原廣大的北美一隅，豈是容易！想想我的人生，若未曾和張阿姨有過一段交集，恐怕就跟太極拳無緣了！

幾年前，好朋友們起興要求我傳授太極拳，我樂於分享，毫不猶豫收了一群「徒弟」。看著朋友們逐漸進步，能獨立練拳了，真叫我感到欣慰！此外，我還有一個最大的心得和收穫——「教學相長」。

我真是一個幸運的人！漂泊海外，在中國人稀少的威州，竟然能碰到這麼寶貴的機緣，引我舞向太極拳的世界，舞向健康！

我珍惜太極拳，感謝領我入門的張阿姨！

（寫於二〇〇九年八月）

回憶一段戲緣

爸爸是戲迷。小時候，只要爸一下班，客廳的電唱機便立刻響起。總是喧天鑼鼓做前導，挾來一股震破屋宇的氣勢。我偶爾從書房裡探頭，看一眼瀟灑英挺的爸在客廳隨著音響唱念做表，無限陶醉的樣子。千迴百轉的唱腔日日環繞在耳際，儘管聽得爛熟，可從未引發出我的興趣。

爸還喜歡周璇。金嗓子的歌聲，輕柔優美，傳入耳際的一刻，總叫我忍不住捏著嗓子跟著學唱。上小學的我，能把好幾首周璇的歌背得滾瓜爛熟，爸對我讚歎不已。

電視開始在臺灣上市，爸很快買回了一臺，立下規定，從此由我陪他觀賞臺視的國劇天地。我一則以喜一則以憂，喜的是，我知道爸爸肯定了我的歌喉，憂的是，週末不再能自由玩耍。

每個星期六的午後，巷子裡，一波波傳來同伴們追鬧嬉戲的聲浪，我卻只能無奈地待在屋裡陪爸看京劇。倘若看到的是輕鬆抒情的戲碼，出現扮相優雅的青衣閨秀，或俏皮的美豔花旦，或熱鬧的武陣，或逗趣的小品，倒也還能接受一些，最怕碰到老生戲，只覺得嚴肅單調無聊至極，然而仍得強坐沙發上，直到電視螢幕出現「劇終」二字。

國中畢業進入臺南女中，有忙碌為藉口，才正式結束這每週一次的「國劇課」。「蘇三離了洪桐縣，將身來在大街前，未曾開言我心內慘，過往的君子聽我言……」，是唯一學熟的唱段。

孰料，上了大學，當年爸用心在我身上播下的國劇種子，竟然機緣成熟而真正抽出了芽苞。

那是春末的一個夜晚，前往圖書館途中，忽聽得學生活動中心傳出陣陣緊鑼密鼓，感覺既熟悉又親切，牽動著我的心弦。意識到是國劇社的公演，我匆匆拾級而上，由後門穿入，放眼越過觀眾的頭顱，只見燈火輝煌的舞臺上，一身段姣好的彩衣花旦和一活潑秀絕的斗笠牧童，正隨著熱鬧的文武場載歌載舞，唱著我從小最愛的「小放牛」！我相當興奮，同時感受到一縷錯縱複雜的情緒在心頭翻騰，一陣陣湧動出莫名的遺憾和失落感，帶著深深的自責。眼看次年即將畢業，我居然未曾聽進爸爸的勸，把握機會到社團去好好學戲，實在辜負當年父親的苦心。

那一夜的絲竹管弦鐘鑼鼓板，終於敲響了我和國劇的共鳴，更開啟了我對京劇強烈的求知慾。之後的日子，經常沉浸在圖書館的國劇資料庫做研究。探討著深奧精緻豐富華麗的京劇藝術，總是心生無限歡喜，翻閱一章章忠孝節義肝膽相照的歷史故事，在在令人動容。繼而進入國劇社，積極學唱了起來，最鍾愛梅派的珠圓玉潤，更屢屢沉醉在程派幽微曲折的韻味中。社團裡有溫文儒雅的琴師給我吊嗓，滿臉戲容的身段老師指導我學紅鬃烈馬大登殿裡的王寶釧。跟著兩位熱心的老師，心中既感激又充滿期待，粉墨登臺，成為我大學畢業前最想完成的心願！

王寶釧屬青衣正旦，我立志學好這齣戲。一開始試著將練唱過程錄音，聽著大不滿意，便開始到處求教，多方揣摩體會，耐心矯正發聲技巧。除固定赴社團和大夥兒配戲，每逢晴天的黃昏，便獨自登上高聳的女生宿舍樓頂，那兒像一片廣闊寧靜的舞臺，青山環遶，萬里霞空，只有飛鳥遨遊雲間，令我感到十分放鬆自在，總是張口大聲吊嗓子，任情地繞場練身段，直到夜幕將垂。

課業忙錄，學戲的過程也充滿挑戰和壓力。終於盼到了粉墨登場！人命關天，鑼鼓催人，四位宮女做前導，一身娘娘妝扮的我，玲瓏碎步匆匆登殿，右手水袖一個下甩，繼而挑向腦後，文武場乍寂的一刻，臺上的我深吸一口氣，呼喚出經典的那句：「刀下留人」，就此展開王寶釧的戲份。國劇的排場很不一般，初次置身在輝煌熱鬧燦亮亮的舞臺上，時而感覺沉重彷彿要窒息，又忽然如夢似幻飄飄然……。小心翼翼跟緊了文武場，一路趕著，就這麼唱完了我青澀的處女戲。

前來捧場的好友個個比我還興奮，謝幕罷，大夥一窩蜂熱烈擁上來，搶著和我拍照。儘管是票戲自娛，我已盡了全力，朋友誇好，自己就有了一絲得意。在後臺被歡悅的氣息圍繞著，飾演國劇裡的歷史人物，是多麼特殊的經驗，給我帶來無盡的快樂和滿足，不願除去風光貴氣的鳳冠霞帔，也不捨得卸下被精心勾勒出來的臉妝，最是文武場轟轟烈烈的絢燦氣氛，彷彿終夜迴繞在我半清醒的夢鄉，不曾落幕。

畢業後留任助教、升等講師，繼續學過《鎖麟囊》的薛湘靈、遊湖借傘的白素貞。學戲的過程，凝練了我的毅力和能耐，使我愈加投入和珍愛這項國粹，因緣際會，還曾和票友在臺北國軍文藝中心合作過兩場公演。然而，儘管在臺上的感覺依舊風光，落幕了，退到後臺獨自攬鏡卸妝的時刻，總忍不住會懷念起往日同窗摯友為我捧場的景象。思及畢業後大家各奔前程，分別天涯海角，再不能輕易相聚，內心充滿無限感傷！

離開了家鄉，多年客居異邦，也曾結識過幾位同好票友，重新激發我對京劇的熱情，還請過來自大陸的專業琴師每週固定到家中給我吊嗓。然而，身處海外，究竟缺乏天時地利的條件，往往要長途拔涉才得以和票友切磋唱腔和身段，不擅長開車的我，不知不覺便和票房漸行漸遠，到如今只偶爾私下哼哼唱唱了。

最愛回憶稚嫩的第一次登臺，最想念那一夜圍繞身邊的朋友。

彷彿又看到那一群朋友了。啊！青青子衿，一張張天真爛漫，熱情誠懇的容顏……。

（寫於二〇一一年三月）

想當年，我們用筆寫稿

利用暑假整頓書房，發現一份手稿，竟然是三十年前的作品。

回想那個中文電腦尚未成型的年代，寫作真是辛苦。為能讓作品獲得編輯青睞，我向來小心翼翼工工整整的填寫稿格，又由於潔癖作祟，還經常為了小小的錯誤花時間耐心將通篇重謄。看著這篇紙質早已泛黃的手稿，字跡是那麼地整齊，連自己都感到驚訝，不敢相信當年有那樣的耐心，同時也感慨良多，真是由儉入奢易，由奢入儉難，早已被電腦慣壞的我，再不肯回去用手寫稿了。

記得當年也曾堅拒用中文電腦寫作，受到遊說而嘗試後，竟發現了諸多好處，還積極地呼應當時某位作家，寫就了〈也談電腦寫作〉一文，刊登於一九九四年二月十七日的《世界日報》：

> 大約一年前，北京有一場「作家換筆大會」，這是一項有關電腦寫稿的文壇盛事，有些參予的名家，早已使用電腦寫稿，然據云響應的情況並不踴躍，

一般以為電腦寫作會影響創作的思維和風格，更有人認為電腦寫作，不過妄圖加速生產，產生不出精心的作品。

我也有過濃烈的戀筆情結，排斥電腦寫作。覺得靈感和思維是不容受干擾的，認為電腦這種剛堅死板的玩意兒，和縱橫馳騁多采多姿的感性心靈絕難契合，會帶來阻礙，破壞思緒。

直到去年初，在越洋電話中，業師王甦老師提到中文電腦在臺灣的發展突飛猛進，近幾年逐漸受到各界的重視和推廣，我曾任教的中文系同事，許多都接受過訓練，也有教授早已習慣使用中文電腦製作講義，從事研究著作。

自此，開始好奇而心生探究堂奧的意志，立刻翻出從前伊利諾大學同系學妹所贈軟體，耐心背記注音鍵位。持續使用之後，打字速度進步神速，心之所想，指尖立觸，原本覺得頑固無情的電腦，也變得靈活而充滿興味了。因其豐富靈巧的功能，可隨心所欲地調整、增刪、修改、潤飾，文字永遠整潔清新，次序井然，更能完整而長久的保存辛苦播種後的結晶，真令人喜愛。

據說，張戎寫《鴻——三代中國女人的故事》一書時，好友紛紛將從前所收信件以包裹郵寄英國還給她，提供寫作的資料。倘若彼時能使用中文電腦，則書信、日記自動存檔，當可以省卻如許麻煩。張戎幸運，在這個時代，能將朋友書信完整保留的究竟不多！

也曾聽朋友抱怨，電腦寫信，不夠親切哪！環顧當前西方國家，不僅作家以電腦寫稿，一般人也用電腦寫信。在風氣之初，相信也有過缺乏親切感的掙扎，而如今人人視為稀鬆平常，閱讀龍飛鳳舞的筆跡，反而擾亂視覺，折磨耐心。目前西方在習慣上已有大規模的突破，然對中國人而言，這項突破也許較西方困難，幾千年來傲人的書法藝術，影響著文字書寫的價值觀，故而文人堅持使用手稿，有些實在是因為對古老舊物的依戀太深。而今，我有幸蒙受中文電腦的好處，熱切地想告訴眾友人，切莫輕易排斥它，要學習中文電腦，真的一點也不難，習慣使用後，絕對會為其眾多優點所著迷。

認為使用中文電腦只是「妄圖加速生產」，繼而「懷疑寫作品質」的種種說法，當緣於未識其中迷人風采所產生的誤解。其實，熟練之後，十指觸鍵流暢敏捷，並無想像中會造成分心或影響文思的困擾，相反的，往往更容易湧溢出靈活的思維。以這種方式，若能自然而然地「加速生產」，何樂不為？

實在不捨得這麼好的寶貝被誤解、受排斥，故撰此文。希望有更多朋友，早日享受這項文明的福祉。

今天的科技如此進步，使用中文電腦早已理所當然，於此際重讀這篇「換筆」的心路過程，不禁莞爾！我很好奇，當年眾多反對讓中文電腦取代手寫文字的作家，堅持至今的，能有幾人？

（寫於二〇一二年十月）

#【生活】

子夜啁啾

前此住在伊州。三月，儘管節候緩轉，春氣漸發，而每當寒風臨襟迎來，含蓄的春神瞬間屈服隱匿，任凜冽的冬威繼續發酵。總要盼到四月中旬，春，這才豁然舒開了雙臂，挾著回暖的氣息，融化新鮮的雪水，撫育出燦爛的萬紫千紅……。

然而，此時此地，二月的南方，我已開始享受南遷以來的第一個春季。

話說三星期前，連續幾個午後，總驚見如林鳥陣，自藍天撲地而來，紛紛落在家家戶戶的前庭後院。群鳥在枯黃的草坪上輕盈跳躍，吱吱喳喳，密密相隨，黑壓壓一望無際，蔚為奇觀。又忽然間，驚弓也似，同步啪啪振翅，旋風一般飛逝，不知所向。

難道是春天的腳步近了嗎？

不可能的，才陰曆十二月初啊！朋友方才電話中還提到：伊州香檳此刻正在下大雪。

可就在當天深夜，寢前閱讀時，一向沉寂的院落，出現異乎尋常的動靜，隱隱約約聽到一陣陣圓柔的鳥語，低聲在空氣中流轉，啁啁啾啾，為入夢的黑夜，譜出神秘的氣氛。

我被這詩樣的輕聲細語吸引住，因而終夜處於半清醒狀態，在鳥語啁啾中睡睡醒醒。直到清晨，那鳴聲忽然化作活潑清脆的啼音，將我完全喚醒時，我耳際嗡嗡的，猶似昨夜啁啾。

子夜裡，我何嘗聽過這樣的鳥鳴聲？

睡眠不足，思路混沌，於是捐棄書報，不如忙碌家務，竟然在廚房及浴廁的接縫處，發現一群空前碩大的巨蟻，綿綿密密，爬成一列長征的隊伍。

向來聽說，許多動物具有萬物之靈的人類所不及的第六感。猛想起在深夜交耳呢喃的鳥群，是否有意透露天機？那麼白天所見黑壓壓的鳥陣，也是不祥的訊息囉！

回憶一兩個月前，德州大水氾濫，去年前年飛機一再失事。還有蘇聯大地震，還有……。

那麼，下一場人間的輪迴浩劫，究將指向何方？

思想至此，那曾經被我讚歎甚至寧為失眠的啁啾之音，不再悅耳了。開始嗅到一絲陰沉的氣息，在四周漫散。

帶著迷茫的心情，度過兩個雨天。雨稍歇，我透過窗玻璃往外看，欲探尋有無積水。驚訝地發現原本枯黃的草坪透出了一層嫩綠，上面稀稀疏疏挺立著鮮亮的小黃花，繼而發現籬邊枝梢上也暴開了一列嫩葉，在空中迎風招展。

此情此景，令我心情豁然開朗，喜悅升騰，內心產生一份積極的期待——終於入夜，果真如我所料，天籟般的鳥語又開始在院落的枝梢處婉轉起伏！

這一夜，我闔上床頭書，刻意清醒，要靜靜、專心地聽它。寰宇清靈，毫無喧擾，不見光塵，我聽到最純潔的啁啾之音，溫雅從容，在黑夜中繚繞，聲聲流瀉充滿生機的旋律，傳遞報春的喜氣！

不必懷疑，這一切都是迎春的訊息！

其後，又是春雨交連。滌淨臺階，沐浴園景，養出更豐潤的五色芬芳。空氣裡處處透露清新的春氣，大地復甦的氣象已毫無隱遁的餘地。我開心極了，再也沒有比春天來臨更令我興奮的消息。

今晨出門，車過處，只見道旁一片紛紅駭綠，隨風掀浪；高高矮矮的樹上，百花爭奇鬥豔，推推搡搡，競先展露春跡。迎著滿目春色，我不禁哼起了〈快樂頌〉」，想那深夜裡噤不住聲的鳥兒，當也是這等心情。

伊州五年，我總嘆春光來遲，如今南方春意特早，我竟然曾有質疑之心，差點辜負了這大好時光。人世的杞憂，荒唐可笑！

案前入座，展開信箋，文字裡我夾入春花一瓣。但願抵達伊州之日，花氣猶在，邀友人分享這春來的喜悅！

今宵，我又捨不得入夢。想要靜聆：子夜啁啾！

（一九九二年五月一日《世界日報》）

不速之客

租了一棟大宅，初始頗不習慣，除為應急而添購的床桌之外，到處空空曠曠，經常被自己的回聲嚇住。搬家公司把家俱運到以後，東西堆堆放放安頓完畢，屋裡逐漸出現生氣，我才開始有心情去品味居處的外圍環境。

院子北隅，有間古老的儲藏室，旁邊還有個柴房，中央大大的游泳池，此外四面綠蔭環抱，古木參天。看得出游泳池長久缺乏維護，已成墨綠色的魚蛙之鄉，水面枝葉亂飄，看得到可愛的小魚兒在葉底穿梭。我是旱鴨子，不在乎失去游泳池，很高興能在後院欣賞水生動物。時逢夏季，入夜母女倆趴在窗前，眺看星空，邊傾聽蟈蟈蛙鳴，邊唱歌說故事。

這麼一天，赫然發現書櫃底下竟然露著一個小蛇頭。我噤聲後退，隨手抓起倚在牆邊的一根短棍，雙手發抖地盯住牠。就這時，女兒抱著玩具跑進書房來，我急急想要揮她離開，大概被我慘極的表情給嚇著了，眼見她驚惶大哭，又發現小蛇頭不知何時竟移動了方位，我不管三七二十一慌慌張張抱起女兒往外衝……。

跑到新認識的對門老太太家，借用電話請警方派人來擒蛇。很快地，門前來了一部警車，走出一位年輕挺帥的女警，頭上高高的馬尾，臉上開朗的笑容，問明情況後，便昂首闊步跨入大門，我壯膽領著她直向書房去擒蛇。

女警俯身隨便瞧一眼，便揮起警棍一挑，只見蛇頭黏上棍身，我慌忙大叫：「The body is under the book case!」

女警笑說：「It looks like a snake, actually…」原來那是一種生在南方的罕見的無殼蝸牛，具有蛇皮一般的質感，長得就像蛇的頭部，並沒有我所想像的蛇身。

我一面為自己的大驚小怪覺得不好意思，一面心裡還在發毛，直覺這東西與那方游泳池有關。女警聽說我們是「new comer」，熱情地跟我提到了「culture shock」（文化震撼），最後說：「這是南方，你們初來乍到，一定有很多地方覺得格格不入，漸漸就會習慣了。」

未搬來以前只知道，南方的天氣溫暖而潮濕，不容易下雪；南方人的口音很特別，鄉土氣息很重；南方的黑人多而友善，不具暴力傾向；南方的松鼠為了適應濕熱的天氣，鼠毛長得稀疏通風不太可愛。而就在今天，聽完女警的一席話，我的好奇心忽然間放大數倍，警告自己要做好入鄉隨俗的心理準備，未來要面對的，大概就是去到陌生環境所要學習適應的「文化震憾」吧！

其後，初秋的一個週末，又在後院發現了一隻大烏龜，粗糙的龜殼，天成的紋路，在暖陽的照射下顯得特別古意。自來長壽龜被視為吉祥物，外子有意將牠收養。我憶及小時候母親不准許我們給家裡養的狗套鍊子，曾啟開鳥籠放走朋友送來的一對鸝鳥，還經常到廟裡替健康欠佳的我消災祈福，佈施放生……。我受到影響，婚後不許外子再去垂釣，連朋友釣來分享的活魚，都被我們及時送進大學城附近美麗的森林湖。這一次我自然又打定主意要「任龜自去留」，看著女兒開心地玩牠摸牠，趕緊趁機會用相機留住了一些鏡頭。女兒午睡起來了，迫不及待跑向後院找尋她的龜朋友，發現龜蹤無處覓，小粉臉露出悵悵然的表情，我想辦法安慰她，龜性好水，院中的那方游泳池就是龜寶寶的嬉所。她聽完開心起來，從此深信，在後院的某個角落裡，住著她的龜朋友。

又一天，透過廚房的窗戶，遠遠看到後院綠油油的草面上，彷彿趴著兩隻黃顏色的動物，我好奇地前去探個究竟，居然只是兩堆黃土！我不解這黃土的由來，幾天後從鄰居處得到了答案，知道此乃地鼠的傑作。吾家草坪下居然住著動物，我正感到新鮮有趣，鄰居趕緊給我上了一堂課，原來這是專事破壞庭園景觀，甚至會毀掉地基的一種非常不受歡迎的動物。從此，心存警戒，不再歡迎不知名的動物來到我所居住的領土。

記得那是個週末，一早我啟開窗簾，簡直無法相信，院子裡竟然走動著兩隻大肥豬！

我倉皇地呼叫，驚動了全屋，女兒覺得很興奮，外子立刻撥了電話到警局。我無可奈何地看著牠們用粗大的鼻子亂捅花圃裡的植物，大嘴開開合合咀嚼著散落地上的枝葉。這真是新聞，另一位新搬來的教授接到我們的電話，便立刻開車帶著太太孩子前來看熱鬧，笑稱我家成了最方便的動物園。

警察來到現場，一副愛莫能助的表情。搬來數月，我們已逐漸習慣南方人處理事情的慢步調，只好任兩豬拖著臃腫的身材，繼續遊盪到別家的院子。隔天清晨慢跑時，已找不到雙豬的蹤跡，和對街鄰居的看法一樣，相信牠們已被主人領回豬窩。

我見識到了，南方的「文化」果真特別！連豬隻都可以「逛街」。

而就那幾天前，正逢萬聖節，鬼影幢幢中，兩隻肥豬，這等不速之客，在住宅區裡神出鬼沒憑空來去，還真可以附會出一則新聊齋哩！

（一九九三年五月一日《世界日報》）

阿米族風味

春末，隔壁的美國太太蘿娜給我送來一個黃色的奶油盒，還附了一張紙抄。

我捧進廚房，滿腹疑惑將它打開，一股濃重的發酵氣味立刻撲鼻而來，定神細看，只見盒底沉著一片黏稠物，表層沉浮著數不清的大大小小的氣泡。我讀了紙抄，原來是一張食譜，標題歪歪斜斜的字體：「Recipe For Amish Friendship Bread Starter」。那麼，應該可以將這麵糊稱做阿米族友誼麵包的麵種囉！（事後聽說，原始的麵種，年代淵源已不可考。）

這使我回想起當年在伊大唸書，四十分鐘車程處的一個阿米族村落，那裡的環境乾淨樸實，綠意盎然，空氣異常新鮮。走在原始的石子路上，只見男人蓄長鬚帶黑帽，身著白襯衫黑背心黑長褲；女人慣穿素色長裙，梳理整齊的頭髮藏在雪白輕巧的軟帽下。他們不屑文明為人類帶來的汙染，日常生活食、衣、住、行各方面都刻意守舊。家家戶戶種植蔬果、飼養禽畜，黑夜燃油燈、出門乘馬車，平時靠的是水力風力或是汽油柴油發電。生活中沒有電話，全村團結如一家人，遇事只要去撞擊座落在村裡的大鐘，村民聞聲便紛紛趕來相助。夏季裡，男人們合力伐木造屋，女人們則利用交誼時光，聯手一針針縫製美麗精巧又舒適的百衲被準備過冬。隔著天壤之別的文化背景，我像霧裡看花，總覺得阿米族的生活充滿神秘的氣息。

美國的糕點從來不對我胃口。乍看到食譜上的「麵包」字樣，當下覺得有點為難，彷彿被分派了一項惱人的功課。而細數食譜上的指示項目，還真磨人耐心，每天不是得為它攪拌，就是添加材料，當時正值燠熱的盛暑，居然不准置入冰箱。最後還有個規定要遵循——第十天請先預留一杯麵糊，要將它分成三份跟朋友分享（故名友誼麵包），然後在剩餘的麵糊裡加入雞蛋、麵粉、發粉、蘇打粉、香草精、碎核果……等等，拌勻之後就可以送入烤箱了。

既是芳鄰的一片美意，過幾天要是問起成果來我總得有個交待，另方面也緣於對阿米族的好奇，於是，我決定投入時間，老實完成這個「任務」。

根據食譜，給麵糊換了個玻璃器皿。發酵的氣味一天濃甚一天，氣泡一天多過一天。每回打開器皿，添加好規定的材料，用木勺攪平彷彿可以發出聲響的氣泡以後，雖然立刻將它蓋緊，還是會留下滿室令人窒息的濃烈酵酸味。直到第十天將它推入烤箱，終於舒解了一樁心事。當時以為：「過兩天可以帶女兒一起到河邊餵鴨子！」

想不到，烘培進行中，烤箱裡漸漸滲出一股新鮮糕點暖軟香甜的味道，在空氣中散漫開來，完全取代了十天來環繞在廚房中的酵酸。那一刻的我，忽然珍惜起十天來所付出的心力，帶著一顆好奇的心，開始期待出爐。

終於，以揭開神秘面紗的心情拉開了烤箱，哇！原來半滿的麵糊，已被烤成兩條溢出容器的金褐色大堡，表面高隆處爆裂開來，像花一般，吐露出溫柔的心。我看它像個藝術品，聞起來卻香爽誘人。

稍待冷卻，我們就迫不及待大啖起來，既不像蛋糕，也不像麵包，可好吃極了，相當特別。當年也曾陪同先生一起去農夫市場購買現成的阿米族麵包，記憶裡風味截然不同。

翌日得知蘿娜的麵包沒烤成功，原因不明，她坦言，出爐時見膨脹的比率就知道不對。我讓她分享一份我的成果，彼此都很高興，一致同意：This really is Friendship Bread!

可以確定的是，製作這種麵包的過程中，那令人掩鼻的酵酸，應該是決定風味的關鍵，一不小心就可能前功盡棄。

用十天才能完成烤兩條麵包的工作，本不是我情願做的事，然而完成這項自許的「任務」之後，內心卻擁有充實的感覺。製作日常麵包，要磨上十天的耐心，而分享麵種的過程，不但促進了交誼，同時彰顯了寶貴的傳承精神，我具體感受到了阿米族保守堅定講求樸實的生活習性。古意綿延的阿米族文化，的確耐人尋味！

市售的阿米族麵包，以營利為目的，要求迅捷多產，難以保持真正的風味。饕客們心裡要有數，想要嚐到傳統純正的阿米族風味，請到阿米人家去找尋。

（一九九四年九月三日《世界日報》）

紅花又開了

丈夫患有花粉熱過敏症，春花秋草是根本的病源。犯病的季節噴嚏震耳，眼睛紅癢，頭昏腦脹，終日擤不完的鼻涕，夜間難得一刻舒服的好眠。

體魄健壯如他，誰想會受凌於小小的花粉。他受罪，我也感到苦惱，幾次隔州搬家，都立刻陪他去接受血液測試，查證對新環境過敏源的反應程度，期能預先戒備防犯。北美的花粉數百種，每年有數不清的患者在苦忍花粉熱的折磨。

醫生曾建議採行注射治療法，根據血液反應，將所需抗體引入體內，據說這是目前最佳療方。然而有位好友聲稱，過去他個人花粉熱之嚴重無人可及，堅苦百忍，拒用針用藥，耐心採用食療法，近年已逐漸改善。又有朋友鄭重警告，一旦口服藥用上癮，從此就像吃定了嗎啡。至於注射抗體，聽說亦不得輕易嘗試，五年一個療期，注射過程病症雖可能消失，然而復發的例子大有人在，如此不但白白冤受皮肉之苦，還浪費太多寶貴時光去赴門診，再說，誰知道會產生什樣的後遺症？

言之鑿鑿，於是重新審思，另尋對策。從各方探得不少秘方，喝居家三十哩內花粉所釀成的蜂蜜，早晚進食一湯匙麻油，長期吃熱烘烘的酒釀，每天補充高單位維他命C，出門立刻戴緊口罩，下車快速衝入建築物，儘量遠離庭園百花……。此外要注意運動健身，於是，夏天勤於慢跑打球，雪天躲在地下室踩腳踏車、上跑步機、跟運動細胞不夠靈活的我打乒乓球。三年前還追隨流行，積極使用腳底按摩機，幾個月前又被推薦了一部日本暢銷的「搖搖機」。

也曾不經意地發現，到外州短期度假，竟然是舒緩花粉熱的妙方。分析個中原因，莫非緣於各州所具過敏源不同，出遊時，舊地的過敏源鞭長莫及，甫遇的新過敏源來不及發揮力量，便出現一段可以喘息的好日子。故而，丈夫曾立志將來要提早退休，冀便隨心所欲遊山玩水。我則聽說美西亞歷桑那州是花粉熱患者的天堂之一，果真如此是否應該早做轉職搬家的打算？

然而幾次搬家，都和這類天堂無緣，如今更搬到了以農產著稱的威斯康辛，是花粉至為猖獗的一州。

遷入新宅，迅速整頓庭園，毫不猶豫地砍除一棵黃花正盛的大樹。當著諸位好奇的新芳鄰，我大方陳訴了伐樹的苦衷——樹掩門眉不但犯了中國風水的大忌諱，更主要的，丈夫對於各類花粉實在是敬畏至極。

為儘量杜絕花粉的滲透威力，平日除了勤於撢灰吸塵，還要定期請人清洗地毯。

去年初次經歷威州之秋，丈夫那段日子熬得可辛苦。今春更領教了此地花粉的厲害，每天清晨四、五點鐘，是百花甦醒的時刻，神通廣大的花粉居然能潛入密閉的室內，還特別喜歡住進丈夫的七竅，在其間穿梭磨蹭，逼得他在噴嚏咳嗽眼淚種種複雜的症狀中結束那原本就已十分不適的睡眠。

根據醫生解釋，的確有些病患不需借助藥物也能自我生出抗體，然而對於某些體質而言，倘不及時對症下藥，不但影響正常生活，甚至會產生危害生命的併發症。我不敢掉以輕心，春秋季節只好委屈丈夫當藥罐子，鼻藥眼藥甚至防喘藥都時時提醒他隨身攜帶。

春花最賞心，丈夫卻絕對無福消受。每天清晨開車進入校園，免不了經過一條大道，兩旁樹上萬紫千紅張燈結彩的景象，就足以令車裡的他感到窒息；在家用餐，只要多瞧兩眼陽臺上的盆栽紅花，也會全身發毛。幸好今年紅花開得反常，七月中旬便忽地結束了一場怒放，連綠葉都逐漸凋萎，紅花舞姿提前落幕，固然有損庭園風光，倒也給丈夫舒解了不少心理壓力。

八月，威州的楓葉總是領先變色，路旁的秋草應時而生，由於積極用藥，丈夫對秋草的過敏症狀控制得還叫人滿意。如今已進入早晚帶霜的九月，隔著落地窗，我日日數著紅花枝上的落葉，等著移它入室冬眠，也等著送走最後一波豕草花粉。

不料，紅花又開了！

若不是親臨陽臺仔細求證，我絕對不會相信自己的眼睛。擁擠的芽苞，隱隱露出豔紅的嬌軀，正蓄意在黃葉裡綻放一束罕見而醒目的九月花。這是從來不敢預期的現象，令人覺得突兀，也很有趣。再低頭作進一步檢視，又發現幾團更小的花苞——在威州，這可是秋光裡一群走岔了時光遂道的小精靈！

我滿心驚詫，十分珍惜，小心翼翼修剪掉一些黃葉，再用心澆上一瓢水之後，便立刻撥了一通電話到丈夫研究室。我迫不及待要告訴他這麼新鮮的消息，忘形嚷道：「你相信嗎——陽臺上的紅花又開了……」。

我興奮的心情似乎得不到回應，只覺得電話裡一片空幽幽，彷彿被消音了，好奇地等了一會兒……，終於，那頭傳來聲響了，是一個令我感到震耳欲聾的：「哈……糗……」。

（一九九四年十月三十日《臺灣新生報》）

威斯康辛之冬

威州的冬天，是多雪的冬天。是最令我產生矛盾情懷的季節。

每年，秋的旋律還在林間的天空徘徊，優雅的初雪就會翩然降臨威州。初雪是清純的也是陰險的，因為，行人和車輛最容易滑落在它嬌柔欲滴的羞容裡。

漸漸地，雪一波強過一波的駕臨。很快地覆蓋了湖海，遮掩了高原，纏盡了枯枝，吞滅了灰瓦，冰固了牆圍。這時候的我，最愛在入夜時分，望向窗外銀白的世界，景緻是無以形容的素雅，意境是不可言喻的脫俗，真叫人陶醉！

接下來，惡劣的氣流頻襲，風雪踵至，大地開始堆覆起一層又一層永遠剷不清的厚雪。偶爾會有幾樁悲劇從四方傳來——老人剷雪導致心臟病發身亡，路人滑倒摔斷腿跌壞腦，結冰的高速公路車禍頻仍……。再不就是聽到令人毛骨聳然的氣象報告——今夜風寒嚴厲，風寒指數（wind chill factor）要降到華氏零下八十度！每當意識到風雪正威脅著眾生的安全，我那曾經被白雪染出詩境的心情，立刻跌入了谷底。面對沉滯的大地，憂鬱很容易爬上心頭，總叫我忍不住要埋怨冬神的嚴峻和無情。

我的體質畏寒，逢嚴冬幾乎日日退藏蝸廬，經常戲言自己需要冬眠。美國朋友覺得我這種生活方式既無樂趣也不健康，熱情地鼓勵一起去北威州滑雪，去「享受」冬令時節才有的樂趣。我這才弄清楚，有不少人特地遠從三小時車程的芝加哥來到小鎮，購置了度假專用的湖邊別墅，為的不只是避暑，冬天，臨宅那片廣闊的冰湖，正是最天然開放的溜冰場，最方便自在的冰釣特區。

老美所熱中的這些雪地活動，對缺乏戶外運動細胞的我，永遠是天方夜譚。更何況這些玩意兒偶爾還會生出一些駭人聽聞的消息。去年就有四名青少年，分別開著新潮刺激的迷你雪車（Snowmobile）在結冰的湖面兜風，不幸冰裂墜湖，九一一生命小組雖及時潛入湖內營救，終究還是被無情的冰湖吞噬掉一條人命！

滑雪溜冰和我們無緣，倒是剷雪運動逃不了。由於吾家車庫前道又長又寬，剷雪是個大工程，如果下的是又厚又重的濕雪，推不動也挑不起，還相當折磨人。丈夫原本認為，剷雪是嚴冬逼自己做點戶外運動的好機會，然而敵不過威州風雪的頻繁和威力，還是去買來一部剷雪機，馬力十足；人力需要兩三小時才能除盡的積雪，雪剷機不到半小時就能輕鬆解決。

還記得一個雪天，為分擔丈夫的忙碌，趁他上班時間，趕緊將只有兩吋高的積雪剷除，由於看不慣還有幾塊結冰的地表沒有剷淨，靈機一動，進進出出搬了幾桶熱水，痛痛快快就將之「融盡」。可轉眼間就意識到不妙！看著薄薄的水面逐漸漫開了，竟然又迅速地凝成更大一片亮光光的冰層，真叫我哭笑不得，直到丈夫回來了，我還唸唸不斷地在自嘲：「笨！笨！……」其實方法很簡單，撒上粗鹽就能融化薄冰。

在威州三年了，對氣候的變化大底已能掌握。入冬後，氣溫持低，一旦大雪降臨，就可能是永遠雪白的冬天，往往待來年春花凋盡的五月，才是庭霰隱頓的時節。七、八個月的長冬，不滑雪不溜冰的我，當然不像一般威州佬一樣，喜愛隆冬特厚的積雪。唯年年飄落在秋風裡的第一場雪，展現詩樣的清新、純潔、寧靜、優雅的氣質，永遠永遠都是我的最愛……。

（一九九六年一月二十四日《世界日報》）

書房夢

從小我愛讀書，成長過程中受父親影響，也染上藏書癖。畢業後忝列大學教席，面對心愛的工作，廣進新書更是不遺餘力，因而我的小小居所永遠被書刊擠得水洩不通。

然而，從來不敢把我那擠滿書的閨房稱之為書房。我心目中的書房地位相當崇高，那一方天地應該整齊有序一塵不染，充滿品味和書香氣息。而多年來，窩在擁擠的閨房裡讀書備課做研究，習慣養成，倒也亂中有序。其實，內心對未來也有規劃，相信將來一定會擁有一個寬敞幽靜又美觀的書房，要讓所有的寶書輕鬆上架，要在陽光邊緣的窗臺上培育兩三蒼鬱盆栽裝飾生機，還要養一隻聰明的小白狗逗趣解悶……！

這樣的書房夢，來美不久就碰到了「同志」。

還記得寒風凜冽的一天受邀到他住所聚餐，甫進屋門，立刻被眼前的景觀攝住。所有可以利用的牆面，用長板條和石磚，整整齊齊築成高及天花板的克難書架，書籍貼著牆壁，擠得水洩不通，地上也到處一落又落，總類琳瑯滿目，教育、文學、科學各方面中英兼具，有關穴道經脈的中醫寶典令人眼花繚亂。留學生多半又窮又忙，對書能有這般能耐的誠屬罕見，令人動容。一年後他就成了我的另一半。

住進伊大學生眷屬宿舍，很快地，兩房一廳都擠滿了書。宿舍區老中不少，彼此間常有往來，有些太太飄洋過海只為伴讀，把小家庭收拾的溫暖而幽雅。大約是功課壓力太大的緣故，不知起於何時，我開始羨慕起居屋清爽的人家，熱切希望下課後也能回到一個簡單整潔的家，讓身心得以真正放鬆。腦子裡同時閃過一個念頭：「伊大館藏完整豐富，東方西方應有盡有，需要的話去借不就得了，小小宿舍擺入這麼多書，有必要嗎？」

就這樣，有一個陌生的念頭開始在我腦際徘徊。其實我也相當矛盾，從小愛書如我，怎能忍心執行「棄書」之舉。在丈夫的說服下，我們最後決定去十五分鐘車程處租了一個儲藏室，將大部分書都裝箱藏入。小小家屋經過仔細規劃，改頭換面，立刻展現出一番新氣象。面對朋友驚詫的表情，只好輕描淡寫自嘲一番——已經為我們的書安置一個「新房」了！

「就業後，住個大房子，我們一定要有個大大的書房。」由於身處海外，受到現實環境的影響，我藏書的意志力偶爾還是會蠢蠢欲動，總輕而易舉被他這句話給說服。那可是我們當初一致的夢想啊！

經常自問，就業這多年來，我們的夢想究竟算不算實現過？

畢業後丈夫覓得教職。安頓下來的第一要事，就是圓我們的書房夢。果真擁有一個像樣的書房了，寶書得以從容入架，一眼望過去美觀大方，取用起來也方便自如。我們好不開心，十分珍惜！

不久，為了理想他開始跳槽，從此大大小小又搬了數次家。房子越住越大，他的購書癖竟也越來越嚴重，雜誌就訂了數十種。書櫃不斷地增添，漸漸地，屋裡所有可利用的空間，處處都是書刊雜誌。

面對氾濫成災的書，我只能頻頻搖頭。結婚十年多了，我的家，居然仍舊是個亂無章法的「書窩」。走在屋裡的每個角落，處處所見都是書籍所造成的「壓力」。我再也聞不到最愛的書香。我再一次下決心要伺機革新。

第三次隔州搬家，我毅然決然施行起內心埋伏良久的計劃，登報賣掉所有的書架和檔案櫃，「逼」他捐給圖書館近百箱的書。

大遷徙之後，一切就可以重來。這次，我們新家的書房，一定要整齊簡單又實用。

終於遷抵美麗的大普林斯頓區。初來乍到，暫時賃居小屋。不可思議的是，搬家公司運來的家當，竟然編到四百八十六號，比四年前搬家還多出一百多個項目！把小屋塞成了一個儲藏室。我望著推疊滿室的紙箱，一愁莫展，疲倦極了。只怕美麗的書房夢又會破裂，終此一生都要淹滅沒在水洩不通的書海裡！

好累！真累！送走搬家公司，我立刻逃進睡神的懷抱。繼續尋夢去了……。

後記：今天慶祝搬來新州滿周年。這期間克服了諸多搬家後遺症，一面苦心經營購置的新屋。如今房子夠大，群書的安頓問題迎刃而解，終於圓了我們那一個長長的美夢！（一九九八年八月十六日）

（一九九八年十一月二十二日《世界日報》）

小提琴的秘密

我想找一把小提琴，聽說越老的越好。

古老年代的許多東西都做得好，大自宮闕建築，小至古玩飾品，一一見證那個時代超凡的藝術天份和踏實的敬業精神。

正好看到個廣告，要出售一把兩百歲的小提琴。電話那頭，老太太說是四十五年前，她九十二歲辭世的爺爺留下來的古物之一。

翌日黃昏，我充滿期待依約來到她灰樸樸的老屋。甫踏入陰暗燠熱的小客廳，立刻被幾件雕刻精緻古色古香的家具吸引住。我好奇地接過色澤幽褐古意盎然的小提琴，小心翼翼前前後後裡裡外外仔細把看了一番，開始調音試弦，希望有能力鑑定品質。

琴身輕巧無瑕，雖然弦音不易固定，卻共鳴極佳，然而我終究不懂行情，不敢冒然掏出五百塊錢做交易。老師說過，古老時代好的小提琴必定價值不菲。難免心生懷疑，到底是老太太不諳此行，抑或是小提琴有問題？

要是老太太不諳此行，我就有可能撿到便宜；要是小提琴有毛病，那麼……，五百塊錢，數目說大不大，說小可也不小！

幾經商量，固執的老太太說什麼都不允許將小提琴攜去讓老師過目後再作決定。窗外秋老虎肆虐地將熱浪一波波推進小屋，這個沒有冷氣的暗室令人有窒息的感覺。老太太頭頂上方還燃著一顆赤裸裸的燈泡，烘亮了她額際的汗珠。我注意到她堆擠在仿如太師椅上的肥胖身軀，始終不耐煩地左扭右動，手上的拐杖一刻也不停地頻頻顫抖。

這使我越來越感到不耐煩，急於做出一個正確的決定。我想儘快離開這一片凝聚著緊張氣息的地方，想要躲開那一顆刺人眼睛的燈泡。我需要新鮮的空氣，我渴望回到自然的陽光下。

「如果不是急需用錢，我不會賣掉爺爺留給我的小提琴。」老太太舉起顫抖的手，抹去她額際的汗珠，接著推高了鼻樑上的眼鏡。我這時注意到那雙被皺紋簇擁著的雙眼，無神而沮喪。

「妳去過大西洋城嗎？」不待回答，她垂下眼簾自顧自地又說：「上週末，朋友慶生，相約到賭城碰碰運氣。壽星和我都輸得很慘……」

原來是賭博惹的禍！

記得小時候爸爸喜愛玩麻將，輸多了媽媽就會和他大吵，我總是躲在廁所偷偷哭泣。至今，我最不願意回憶的童年時光，都跟爸爸的麻將有關。

「我多希望能發一筆財啊！我需要錢……，而且，我不甘心，這些年來輸了很多很多，不好好贏它一次我不罷休！」

我忍不住衝口脫出：「That's not right!」

此時的我已沒有耐心談交易了，俯身將小提琴裝回隱隱散發著霉味的琴盒。小屋裡越來越暗，我全身濕黏黏的感覺，又悶又熱極不舒服，挪直了皮包的肩帶，蓄意離去。

「這把小提琴絕對不止這個價錢。我實在痛風已久，不能拉了。可是……我急需要錢……」老太太無助地搖搖頭，繼而將頭低埋入撐著枴杖的右手臂裡，模模糊糊說了句：「我知道……不該再去大西洋城了……」

她居然讀出了我的心情！我靜止不動了，當下不知如何是好，一陣尷尬和迷惑之後，意志力竟然動搖了起來。可是，身在異域，該不該這麼輕易地去相信一個毫不相干的人？在這種情況下，值得我用婦人之仁來下賭嗎？

「我爺爺曾經是德國出色的小提琴家，當年移民美國，帶著小提琴到紐約……」

我肅然起敬，腦海裡飄起一首一首美麗動聽的交響樂曲，想像一位德裔紳士，身著黑色高尚的燕尾服，優雅運弓……。

這麼說，這把小提琴還有可能是珍品！我內心開始掙扎。兩百歲的優質老琴，不容易碰到。不要錯失良機了！可也不願上當哩！這位老太太信得過嗎？不會是騙人的吧？

我猶豫極了，正發呆時，老太太接著告訴我，星期六還有人約好了時間來看琴。樂器行裡隨便一把習用琴都不止五百塊，只怕今天不將它買下，明天就可能落入識貨者的手裡……。終於，我下定決心支付五百塊錢現金成交了。

然而，才跨出老屋門檻便發現，我的心情已經由原先的猶豫不決轉為忐忑不安了。此際，只盼望讓老師早早過目，我迫切需要聽聽老師的高見。

老師家有客人，真巧，正好是鎮上唯一一家樂器行的老闆西門先生。西門先生當場熱心地幫我鑑定了這把高齡老琴，確定是當年名牌，說明只需換掉四弦和橋柱，再仔細清潔一番，保證一切大好。我真高興聽到這樣的評價，萬般感激，請西門老闆立刻帶回樂器行幫忙處理。

我驕傲又興奮，等不及這把沉睡的小提琴快快甦醒，將美好的樂音重新散播人間。過完週末便接到老闆的電話：「碧翠絲，很抱歉……，妳的小提琴……有大問題……」我最怕的事情竟然發生了，心情驟然墜入谷底，五百塊，難道，就這麼飛了！

我迫不及待直奔樂器行。西門先生正坐鎮店口，見我來到，立刻躬下富泰身驅，從櫃臺後捧出小提琴。

「妳看看，這脖子……，曾經斷裂，需要大修，起碼要三四百塊……」

我沉著心情接過小提琴，外行的我實在看不出什麼裂痕，琴背平整光滑，很難聯想它經歷過怎樣的風霜。可是如今內行老闆都已檢查出小提琴有嚴重瑕疵……。我情緒繼續跌落，對自己的大意和無知感到失望和靦腆。

「妳不妨將它拿回去退了……」西門先生的眼睛從反光的鏡片後面嚴肅地看向我。「可以這麼做嗎？」我想起老太太悽楚的容顏。忍不住搖了搖頭。「of course!」西門先生答道。

我故作瀟灑，提起小提琴就要走。其實滿腹疑惑不知如何。「早知道應該直接找你買琴，便不至於惹出這樣的麻煩。」臨去前，我有意無意地丟下這樣的一句話，內心卻一面嘲笑著自己的不知所云。

「是啊！在我這裡，一千塊就可以買一把全新的好琴，倘若願意再加五百塊錢，音色保證好得沒話說！」西門先生的嗓門意外的充滿活力，油油的胖臉笑得又圓又亮，閃出一抹紅光，剛喝過酒的樣子。

「可是，這是兩百歲的小提琴，不都說這樣的老琴能夠留傳下來的，往往音色特別出眾？」「兩百歲的琴多得很，並不稀罕，況且那是從前的說法，目前的新琴做工更好，老琴是不能相比的了。」

我沮喪！我悔恨！為什麼決定得這般匆忙，為什麼不多做一些研究，為什麼既無知又要……貪這個便宜……。搬來此地以前朋友早早警告過，美東地區多騙子。只能怪自己不小心了！

五百塊買這樣一個教訓，值得嗎？想是不可能退的，但是理智思考了一下，還是決定前去討個公道。一路上，老太太虛偽的容顏在我腦海不斷變形，這個老太婆！這個騙子！她一定知情，一切都該怪她。五百塊可以買到我中意多時卻一直捨不得買的那一對立燈啊！

我開車直駛老太太的古屋。才轉進那條碎石子路，便看見車庫前的兩輛警車和一輛傲此莫比。我矛盾極了，停在路口，進退兩不是。金秋時節，街邊的楓色美極，可惜我無心欣賞，躲在車裡，緊盯著站在古屋門口的三個人影。咦！怪了，立在兩位警察中間的那個女人，手上居然拎著一個琴盒！我轉頭看一眼躺在後座的小提琴，又回頭愣了半晌，忍不住笑了起來。

怎麼看不到老太太？而眼前這個女人滔滔不絕地在陳訴一個什麼樣的故事？

我狐疑亂猜一通，益發好奇，乾脆熄火邁出車子，理直氣壯地走近他們。聽到女人的聲音了：「……這不公平，你們去問問西門先生，這琴才值兩百塊，老女人不肯讓我退貨，也不肯還一點錢……五百塊不是小數目啊！」女人氣極敗壞漲紅著臉。

奇怪的是，兩位警察同時轉過頭來望了我一眼，竟然一句話也沒問。

身材粗壯蓄著古典八字鬍鬚的警察緩緩把頭轉回去，繼續對女人說：「我再告訴妳一次，這種方式的交易，妳一手交錢，她一手交貨，貨物有無瑕疵，是妳的運氣……。妳如果覺得上當不服，可以到民事法庭去申訴。好了，就這樣，記著，不經允許不可闖入別人的地盤。如果再接到她九一一電話說妳硬闖門戶，只怕下一位警察會……，恐怕不太好……，小心點！」他用渾厚的聲音，以威正的表情，不疾不徐地說完一席話。

我稍感震撼，覺得這事巧合得近乎荒謬。霎時，腦海裡迅速地旋轉出一個又一個和這兩把琴有關的故事。下意識裡，我當然清楚，快快離開現場，走為上策。

隔天，起了個大早，驅車前往本郡的總圖書館，借回一疊和小提琴有關的書籍，茶不思飯不飲地研究了起來。幾天後根據書上的指示，購得一套整頓老提琴的必備材料以後，立刻放下手邊一切雜務，全神貫注地挽救起小提琴的命運。

首先卸去舊弦，用棉布蘸上微稠的清潔油，仔細地將琴身撫拭出光亮的氣質，繼而在正確的位置穩固了新弦柱，輕而易舉地安上新弦，最後終於將四弦調準了音。

大功告成，小提琴煥然一新。我志得意滿地將它捧在手裡，左看看右瞧瞧，越來越歡喜！而當渾圓的樂音從肩際飄出的一刻，我忍不住興奮地狂叫跳躍！

我逐漸安靜下來，只想聆聽小提琴傾吐衷曲……。音樂的旋律瀰漫琴室，蕩漾傳奇般的色彩，娓娓訴說著遠久遠久以前，它輝煌特殊的一段身世……。

（一九九九年二月十九日《世界日報》）

超速十五哩

初來美國時不會開車，老公就是我的司機。上學、買菜、購物……，大小諸事老公都與我同行，就連去燙頭髮也一樣奉陪，跟進髮廊，他發揮耐心等在一旁，或看書，或過來跟我聊天，或給滿頭卷的我照像。老公這麼合作體貼，實在也沒有什麼好埋怨的，不過，既然生活在美國，就一定感受得到「不會開車等於沒有腳」這種極不自由的心情。

學會了開車。我給自己訂下一個期許，開車絕不超速。一直到今天上午，擁有二十多年車齡了，還從未吃過罰單。對此我很自豪也很低調，從來不敢炫耀張狂，唯恐樂極生悲，一個不小心吃上罰單，打破長久以來良好的紀錄，無顏對江東父老。其實自己也清楚，一方面我安於當「宅女」，少出門，再方面從來不上高速公路，過濾一番，開車出錯的機會還能有多少？

不論如何，我也有屬於個人的交遊圈，必要的情況下，老公總是儘量出馬陪我，再不，好友也會大方地提供「ride」去參加遠方的活動。到底是因為不擅長開車而變成宅女，或是本有宅女傾向所以不擅長開車？對這樣的問題我不去細想，因為我還挺安於現狀的。有個好友老愛用「不敢上高速公路」這一點來嘲笑我，說高速公路比local好開，說我「真沒本事」，用言語刺激，冀望我能長進！我不但不自卑，還頗為自己的「定力」孤芳自賞。

小妹也發話了。有一年，他們一家從俄亥俄州來美東玩，親眼見到二姊如此weak的一面，故作誇張的點出問題的癥結：「都是被姊夫給慣壞的」。其實，這多年來，我的另一半因為老婆開車低能，才更有機會突顯出「體貼先生」的形象。這不也是我的功勞嗎？（老公要說我賴皮！）

再說，我從來沒吃過 ticket，這樣的成績，在開車族裡，也算有過人之處吧！我聽說日本人對於開車沒吃過罰單的人，會頒發榮譽獎章。我也有一個心願——維持開車不吃罰單的優良紀錄，我要把一個無形的獎章頒給自己，掛在心田。

可是，就從今天午間一點之後，我不再屬於零汙點的開車族。其實，之前就有預感了。幾天前，毫無來由，為開車沒有拿過罰單，在內心沾沾自喜，當下就意識到這樣的思緒不一般，並且提醒自己一定要小心，好幾天都刻意不出門。

今天星期一，是我固定前往農場領取和採摘有機蔬果的日子，一路走的多半是鄉村小道。最愛初秋的氣息，本來就美景處處的花園之州（新澤西州有「Garden

State」的美名），只見空靈純潔的藍天，飄浮著清朗逍遙的白雲，路旁茂密的樹林，隱隱約約煥發出深紅和淺黃的詩意。我陶醉極了，忍不住輕快地哼起歌來。我一定相當absent minded，因為當發現閃燈的警車咆哮尾隨的一刻，便驚覺自己成了待宰的羔羊，馬上噤住歌聲停在路旁；然而，根據警察先生的描述，離被發現「犯案」的現場已有一大段距離，由於他閃燈窮追，我不理不睬，他只好鳴聲提醒。

從勉強擠出微笑的警察手裡接過罰單，上頭填寫著在時速二十五哩處，我開三十四哩。警察伯伯說我其實高達四十哩，念我初犯，給我開最少點數的最輕罰單，我若不服，還「教」我如何上法庭去「翻案」。我啞口無言，分不清是失落還是感謝。個人覺得，一切既成事實，再無逆轉餘地，我還算理性，有自知之明，在心情低潮的當下，清楚這是個好教訓。真是太離譜了！真要得，行經低速區，超速十五哩！

或許朋友所言甚是，開高速公路比較不容易超速被逮。開local小路，人車都少的時段，速度要求越低的地方，一不小心，就容易超速，這時，躲在某個隱密處的警察，便神不知鬼不覺立刻現形。還有，這兩年經濟不景氣，處處鬧錢慌，警方嚴懲超速行車，一方面可以為地方建設籌款，一方面也能提升個人業績。

我不甘心地把維持二十多年的榮譽摘離心田，一面想像老公以及幾個死黨可能的反應。接著想，美國幅員廣大，日常生活裡，成人天天需要開車。開車超速吃發單，對某些人而言還是家常便飯呢！

對了，是誰說過的，開車族吃超速罰單是必修課。是嗎？那就好。自我安慰一番，神閒氣定下來，寫篇文章與諸君分享。

朋友，還是讓我們互相提醒——任何時地，開車時務必專心，注意安全，也要避免超速！要不吃上罰單，可就後悔莫及了！

（寫於二〇〇九年十月五日）

但盡凡心

五年前，我不慎在自家樓梯摔斷了左腿。

去年，外子也在下樓時踩空，雖及時抓緊欄柱，因前傾過度，造成嚴重拉傷，併發骨刺和七節椎間盤突出。

這類意外，個中的疼痛、無奈和不堪，難為向外人道也。從此我倆對人生的要求，習慣強調四個字：「平安」「健康」。

鄰近的一位朋友直言，有沒有注意過家居風水的問題？她善意地提醒，正說中我隱隱待發的心病。

心病會被挑起，是有原因的。外子的情況才穩定下來，上大學的女兒，和朋友玩飛盤時扭傷了腳踝，腫成麵包一般胖。看到她傳來的照片，拄著拐杖，令我哭笑不得，忽然想起多年前一位朋友從臺灣來做客，欣賞完客廳壁面上的五虎圖，一臉嚴肅對我說：「虎圖懸掛客廳，易給家人招來傷患。」隔日，又吞吞吐吐：「請恕我多話……不過……你們家大門正對後窗，這穿堂煞……也是……」

這樣的論調，我早有聽聞，然而內心向來堅信，只要行正影直，必能逢凶化吉。在一家三口前後碰上傷筋斷骨的事件之後，重憶朋友往日所言，思緒已然起了變化。為求平安和健康，決定聽從「寧可信其有」的忠告，將懸掛多年的五虎圖撤下，同時在原處安上四幅瓷板畫，大紅背景的童子嬉戲圖，分別題有篆體「福」、「祿」、「壽」、「喜」四個傳統吉祥字。

說到穿堂煞，風水書所載令人膽顫心驚——此天下第一煞。有人為擋此煞，斥資大興土木，將住家重新隔間，有人因此而搬新家。不論修房或搬家，都工程浩大，更牽涉到全家人的意願。我採取風水書上的防煞辦法，買來實心素面的木製屏風，立在玄關中央擋煞。

然而，我有心壓抑的龜毛個性還在繼續作祟，總嫌屏風擋煞不夠究竟，只有搬家才是圓滿的方法。房屋仲介根據我開出的條件，精心過濾，前後帶領我實地考察了三十多棟房子。

這些房子都具有許多優點，可也各有一些缺點。或太大或太小，或太貴或太老，或多了游泳池或少了地下室，或前庭太小或後院太窄……。再不就是風水上的問題，不是巨樹當門就是池塘在後，不是大門和馬路對沖就是客廳橫樑壓頂，不是穿堂煞就是鐮刀煞，不是地基前高後低就是屋向坐東朝西……。

其實，這本是預料中的結果，到哪裡去找一棟十全十美的房子？多年前曾有一位年屆八旬，樂觀健康的退休教授如是說過：「勤整居處，舒服自在，就是好風水。」說得很實際、很科學，深得我心，這也是我個人對風水之學雖好奇卻不偏執的原因。

其實，我內心也會這麼審思——

五年前那一天，飄著雪，女兒下午要參加一場音樂會的演出，我臨出門前那一跌，既突然又嚴重，她的表演項目只好臨時取消。翌日報載，往音樂會的高速公路，前一天近午發生嚴重連環車禍，數人傷亡。如果當天依正常計畫上路，說不定就在那個時間點成了車禍悲劇的受難者之一。

還有，吾家藏書超多，自從有一次外子因搬書傷及筋腱，從此每回搬重物就犯背痛。可多少次了，他老是好了傷就忘了痛，依舊超重搬書。直到去年遭遇的嚴重傷害，讓他受盡折磨，在苦熬三個月之後，終於接受醫生建議，經由頸椎注射類固醇才穩住了狀況。如今外子相當謹慎，十分重視脊椎的保健，不再讓我操心。說來還得感謝那場「椎間盤突出」事件！

如此看來，兩件意外，冥冥當中，恐怕都讓我們因禍得福了！其實，十多年前買這棟房子，第一眼就看到了它的諸多優點，對於明知的缺憾，當時瀟灑地包容了。

如今，果真要逃避這項缺憾，就勢必要放棄這棟房子獨特的優點。凡事有一得必有一失，考慮再三，覺得一動不如一靜，決定追隨退休教授的心得，勤整居處，求個舒服自在便好。

從來，對於太過樂觀圓滿的事情總是特別警惕，害怕樂極生悲。比較喜歡步入中年以後的自己，對當下際遇的好壞順逆，已鍛鍊出一份平常心；不執著於表象，不輕易做主觀的評論，更相信凡事盡其在我，自能減少遺憾。

倒也覺得，每個人的生命，都像一首變奏曲，不必也不可能圓滿。唯其不圓滿，才萌生出憂患意識，才砥礪出求進步的意志，才學會知足和珍惜那些近乎圓滿的境界。看人人的生命之歌，都是借著變奏的旋律，才激盪出了豐富多采的內容！

如今的我，有了更堅定的信念：面對不能圓滿的人生，且隨緣放曠，但盡凡心！

（二〇〇九年十二月十七日《世界日報》）

只因不肯辜負青春

話說我的三千煩惱絲。

七歲那年，黃梅調電影轟動港臺，大我五歲的姊姊前後帶我去看了七、八次。我當時對劇情的感受並不深刻，唯獨愛極了祝英臺的古典裝扮。從此，放學後，最熱衷的遊戲就是玩自己的頭髮。

面對鏡子將長髮梳開，分出頭頂的一束，努力盤成髻狀，別上平常小心收藏的五彩珠花，再插上一根自製的金色步搖，最後用紅絲帶將頸後的頭髮收成一束，覺得鏡前的自己有幾分像電影裡的祝英臺了，就請媽媽幫忙將枕巾綁在雙臂當水袖，又拿床單繫在腰間當下裳，一個人載歌載舞，玩得不亦樂乎。回憶中，童年時代的我相當內向害羞又充滿幻想，卻經常為擁有一頭可以做出多種變化的及腰長髮感到驕傲。

原本念的私立小學，穿著髮式都自由，一旦上了國中，礙於校規，心愛的長髮終於守不住了。記得頭髮剛剪短的那個暑假，我天天無精打彩躲在屋裡不肯出門，再不就雙手摀住耳際，畏畏縮縮，總覺得見不得人。祝英臺夢漸行漸遠，清湯掛麵遮不住我的心事，更掩不住青春叛逆的個性。

當時因為罹患腎炎，不幸演變成難療的慢性病症，學校特免我參加升降旗典禮及體育活動。上下學途中規定要戴藍色的校帽，脫下帽子的時候我整天幾乎都待在教室裡，在不受監督的情況下，我乾脆讓齊耳的頭髮留出層次，旁分些許留海。就這樣，國中三年，我天天頂著有點俏麗的髮型，卻從未遭遇質疑。幾個要好的同學既羨慕又忌妒，經常抓著我分析原由，一致認定老師對我偏心，她們最不解的是，我竟然有勇氣挑戰校規！

上了高中，我病體已經康復，作息正常。感覺上老師和學生間的關係比較嚴肅，赴操場參加升降旗典禮時，總要跟迎面而來威武冷峻的教官行嚴格的舉手禮。親眼遇過同學因髮長過耳而被教官當場記警告的場面，我為之感到不平也寄予同情。猶記得當時同學們課餘聊天，最愛做的夢，不外乎快快考上大學，脫離髮禁的桎梏，彷彿所有的努力，竟是為秀髮爭取出路！

高三那年，班上多了位從美國遷回來的ABC，大約有一個學期，只見她慣常地蓄著清純的赫本頭。同學們都感驚詫，私下議論紛紛，有人認定是她英文優越超群，所以連教官都被折服了。她的青春美麗從容自在，是女中校園裡的另類風光，我帶著理解的心情羨慕著她，也透視到她違規卻自由過關的秘密，那當中自有說不清楚或不能說清楚的原因。

中學時代對頭髮分分寸寸的計較，緣於潛意識裡對青春之美的強烈憧憬。然而，等到可以用閒適的心情為自己決定髮式時，卻發現個人美感和時下流行格格不入。吾家四姊妹，當年對頭髮的意見就相當分歧，各有品味，各有堅持，互相看不慣的時候，誰也聽不進誰的勸。我還愛自尋煩惱，一次又一次，憐惜自己被燙傷的髮梢，卻總也不能實踐拒燙的誓言；一回又一回，下定決心要留更長的頭髮，卻從來無法突破過度期的掙扎。

近年來，眼見頂上白髮日益橫行擴散，我開放地跟隨朋友把希望寄託於染髮，內心其實是不安的。一向就知道染髮劑不益健康，有位學化學的朋友曾經用心詳考市面上標榜天然成分的染髮產品，發現多半都不可信。最可笑的，我和多數人一樣，明明反對染髮，竟又降伏於染髮。不可思議的是，愛美永遠可以激發出如此強烈的勇氣，令人不計後果，盲目追隨，頗有寧願美死也不願醜活的意味。

年少時，抗拒學生頭，是為了保護青春；中年時，為添霜的髮絲強附染劑，是為了挽回青春。平常更為了愛美和造型，使得為一己遮體護膚的頭髮受盡吹染整燙的折磨，當無論如何都不能滿意的時候，就乾脆怪罪它是三千煩惱絲。

其實，一切的煩惱都是自尋的，隨著年歲漸長，對這一點認識就越深刻。可如今還在努力對抗白髮，還在自尋煩惱。是否因為，不肯辜負那早已逝去的青春？

（寫於二〇一一年十一月）

購物經驗趣談

近年幾次陪同先生返臺住福華大飯店，每回都去逛了福華內部精品街。

年輕時在臺灣逛百貨公司，對於看順眼的服飾，只要問過價錢，或是多瞄兩下，再讓櫃臺小姐遊說兩句，臉皮薄的我就不好意思空手離去。來到美國，購物從來沒有壓力，不滿意就退，自以為已經練就絕對自主的交易習慣。我能想像福華精品店的價錢必定昂貴，走到店門口先來一番自我提醒，只做 window shopping，對自己應付推銷攻勢的能力也信心十足。

然而，幾次和福華精品店售貨員過招，我都失敗了。所謂失敗，就是走出商店時，手上拎著設計精美的購物袋，裡面裝著不該買也不需要的東西。不得不反省，是自己定力不足?或者是應了那句話：「江山易改，本性難移」？

精品店的櫃臺小姐個個溫柔大方，笑容可掬。這其實是售貨小姐必備的基本功，問題出在自己，人家親切地和我閒聊兩句，我就忍不住熱情地視為朋友，聊得越多，在店裡流覽越久，就越缺少空手離去的「勇氣」。

不久前整理櫥櫃的收藏，對於從福華買回來的東西又越看越不順眼了，覺得都是浪費。我再一次將自己的弱點看得更清楚，暗地加強演練拒買的「臺詞」，冀望未來回臺灣逛百貨公司，不再因為「不好意思」而掏腰包買東買西。

可不必等未來的臺灣之行，我幾天前就經歷了新考驗。

近來老聽人家說起咖哩對健康的益處，我們於是特地去某家商場買了半打朋友推薦的品牌。上周末去另家中國店購物，在琳琅滿目的年貨中，竟然看到有個售貨員在小火爐上用這款咖哩產品示範年菜，她發現逐漸走近的我們，熱絡地喊出：「帥哥美女」，迅速遞過來兩匙熱呼呼的咖哩飯，又周到地送上一小本精緻的咖哩食譜，繼而笑咪咪地開始促銷起來，從不辣說到最辣，從原始口味介紹到蜂蜜口味……。

被稱為「帥哥美女」，聽起來有點不自在，還是挺受用的。她多禮熱情，滿腔期待，我逐漸感受到壓力，一點一滴失去了拒買的能耐。就甭提那練就的拒買臺詞了，才開口就結結巴巴，毫無威力……。

這種情況下，覺得只有買了心情才自在。隨手接過兩盒咖哩，腦子裡一面想著家裡的存貨，不禁回首給先生來個曖昧的微笑。

他老兄神閒氣定，還以調皮的眼神，湊近我的耳邊，喃喃背誦了我就快說出口的兩句話：「不景氣，多買一點幫忙刺激經濟也是好事……。」

（寫於二〇一二年一月）

降調的審美觀

都過了春分，竟然還下了場雪，接連幾天一直陰沉沉。那天早晨，惺忪睡眼瞄到從簾縫鑽進來的一絲陽光，敞開窗簾，意興闌珊的心情立刻被刺眼的太陽征服，開心地想起了當晚的餐會。

我興奮地拉開衣櫥，打定主意要挑選最出色的一件；這麼好的天氣，該把握機會裝扮一番。究竟哪件好呢？對著滿櫥新衣，我又開始頭痛了。

愛美是人類的天性，我相信自己永遠都是愛美的；可今天我真正醒悟了，我愛美的堅持和審美的角度似乎都已變調。

好好的一個上午，我被一套套服裝整得灰頭土臉。試穿改良式鳳仙裝，憋得我透不過氣來；高雅柔軟的絲質洋裝貼在身上，竟然覺得彆扭；蕾絲裝曾是我最愛的款式，如今穿來土氣十足；其他的腰圍太緊、裙襬太窄、墊肩太誇張……。

終於給累壞了，踢開腳上那雙高跟鞋，乾脆賴在沙發椅上休息。老爺忙完後院進門了，一上樓看到滿床花花綠綠的衣物，大笑起來，邊向床上掃看，邊道：「又來了！這麼多衣服，還找不到可以穿的？」走近隨便拎起一件，甜蜜蜜地加上一句：「妳穿什麼都好看，舒服自在最重要。」

是啊！不就是求個舒服自在嗎？

回憶單身時在臺灣超愛美，衣服永遠少一件，當時的哲學是「青春無價，且多珍愛！」

來到美國，先是忙於課業，後來栽進家庭主婦的行列，入鄉隨俗，竟也不習慣穿戴太漂亮的衣飾出門了。

如今想來，正應了甫踏上斯土時一位學姐的預言，她說時髦的臺灣小姐來到重視實際的美國，年復一年，愛美的尺度一定會下降。

其實，這些年我發現周遭多數朋友也和我一樣，穿著越來越傾向舒適自然。個人覺得與其說是愛美的尺度下降，倒不如說是審美的標準實際化了。

尤其近些年來，精心裝扮的結果往往是弄巧成拙。箇中原因很簡單，一句話就說出了人人都不情願面對的事實：「歲月不饒人」。美麗的服裝套在已經走樣的身材上，無論如何都是要減分的。

最後懷抱平常心，試了老公隨手拎起的那件套裝，就在穿起來覺得舒服自在又滿意的一刻，我重新定論了自己的穿著哲學。曾經年輕高調的審美觀，早已被迫降成低調；如今要求大方第一，舒適第二，自在就好。

（二〇一三年四月二十五日《世界日報》）

#【親情】

六點十七分的母愛

青春歲月，有三年時光，每天搭清晨六點十七分的火車去上學。

六點，踩上腳踏車，迎向涼風，五、六分鐘便抵達車站。

喜歡早些到站，迎著溫柔的晨曦和薄霧，等在人煙稀少的月臺盡頭，呼吸新鮮的曉氣，目送堅實的鐵軌懷抱忠誠的枕木，以永恆的姿態，逐漸淡入朦朧的遠方。

一天，聽到遠遠傳來嗚嗚車鳴，我習慣地從花圃旁的石凳站起來，揹妥書包準備上車的當兒，才發現出門時竟然忘了帶便當！

龐大的車身載來隆隆巨響，終於在眼前停住了。莫名的預感隱隱約約在內心起伏，我焦急而不知所措，茫茫然和大夥兒一起擠上了車箱，又立刻慌慌張張跳了下來，站立月臺上，緊依車身，高高抬起一隻胳臂擋住隨時可能關閉的車門，刻意用醒目的肢體語言要召告列車長——「暫停」！眼睛牢牢盯住月臺中央的地下道出入口。

月臺上逐漸變得空蕩蕩，忽然間鈴聲大作，只見一位鐵路員警從遠方邁開大步朝我迅速跑過來，急躁地吹著響徹雲宵的哨音，雙手誇張地在空中揮舞兩面三角黃旗，示意我上車。內向的我，那一刻竟厚起了臉皮，佯不知情，內心雖忐忑萬分，卻堅持要固執到底。

火車彷彿就要啟動了，激烈的鈴聲幾乎要震破我的耳膜。終於！終於！地下道口露出了一張臉龐，東張西望，表情緊張萬分，那正是我的母親啊！見到我了，她一面用力想要伸長手中的便當，一面在催魂般的鈴聲中，張大眼睛，咬牙使力……使盡全力……遠遠朝我衝過來……。

慌亂中，四目相視的一刻，我看到母親堅強的眼神，我像接力賽一樣的接過溫熱的便當，轉身快速地跳上了火車，眼角的餘光烙住母親在空中飛揚的頭髮，窗外的景物在加速地倒退，逐漸一片模糊，我潸潸然淚如雨下，再也無法抑制……。

那年我大病初癒，在飲食方面母親特別費心，每天根據醫生指示為我調製便當。那天，不會騎腳踏車的母親，不假思索地奔向馬路，狂追我飛揚的腳踏車……，努力衝入火車站地下道，終於搶上了月臺。那樣辛苦地和時間競跑，只為能夠趕在六點十七分前，將一個養生便當及時送到身體孱弱的女兒手上……。

最難忘的是，在接過便當那一刻，看到母親那一臉滿足的笑容。

母親白白圓圓的臉，人緣因而極好，見人就笑，像個菩薩。母親的笑容充滿溫暖和安全感，在我得意時陪我分享榮耀，在我徬徨無助時為我灌溉信心和勇氣，更在我失意時為我燃亮目標和希望。多年來旅居海外，最喜歡在電話裡聽母親的聲音，想像母親的笑容。清楚記得生產時，母親特地飛來美國給我做月子，躺在病床上，看到母親展開燦爛親和的笑容，比手劃腳熱烈地和護士問候溝通，竟然使原本沉悶的病房漸漸煥漾出一片愉悅歡氣！那樣的一幕，給初為人母的我深刻的啟發，那真是無價的榜樣和教育——笑，是最美麗的國際語言！是最有力的溝通媒介。

歲月流逝，每次返臺，都發現母親的額際新生許多深深淺淺的皺紋，給那張熟悉的笑臉，添增更慈愛深刻的光輝。一條條皺紋都編織著犧牲和奉獻的故事，牢牢鑲嵌在我記憶的寶庫。

向遠方遙寄心事，祝福我親愛的母親，永遠健康！平安！快樂！

（一九九二年十二月三日《中央日報》）

永遠的公主

小女咪咪，已巳龍年中秋節翌日，因坐胎破水，比預產期提前三週剖腹問世。猶記得當日，我痲醉漸退，知覺復甦，護士就讓做爸爸的將她抱來。多麼深刻動人的初會！做爸爸才溫柔地說完：「來看媽媽了。」小臉蛋原本緊閉的雙眼，忽然睒開一隻，瞬間闔上。這樣的「眉目傳情」，令我驚詫喜極！但覺母女連心，說不盡的激動和喜悅！

她的來到，正趕上我研究所畢業，雙掌般大的寶貝，得到全心照顧，很快便茁壯過人。初為人母，她的呼吸脈動，吃喝拉睡……，日夜牽引我的全神，天天還忙裡抽空為她寫日記，錄音、錄影、照相不曾斷過。我的「耐心水平」，因為她而益形出色，這時候真正體會到了「養兒方知父母恩」。

還在襁褓中，我們每提及有關她昨日之前的種種，慣以「她小時候……」開啟話題。每天都有反覆訴說不完的「小時候……」，一個個一樁樁，充滿新鮮，鑲滿樂趣。兩歲，領教她的「胡作非為」，三歲，整頓她的「霸道囂張」，四歲，小女孩的乖巧細心、嬌嗔脆弱、敏感溫柔、愛哭愛笑，兼而有之。為提防她的不知天高地厚、不諳輕重緩急、不解世事人情、不能服從命令所可能釀成的種種危機，身為父母，一切言語行為得處處謹慎，唯恐對這擅長模仿、好拾牙慧的小人兒產生不良身教。

五歲上了幼稚園，她的思想行為明顯躍進，漸漸懂事。我看報，她也看報，拿筆圈出認得的字，驕傲地等待讚美。我往電腦前一坐，她立刻找來紙筆，在一旁小桌上靜靜寫生，其傑作媽咪的畫像、爹地的畫像、自畫像、卡通人物畫像、玩具畫像……，堆疊滿櫥。一見我開始做飯，她會主動去掏米，有時甚至搬來小凳子，湊近爐前，展現她學會的煎荷包蛋。飯後她幫著收拾碗筷，洗好了的衣物會學著整理。萬聖節到來的時候，我們一起繪畫南瓜、黑貓、巫婆、白鬼裝飾門窗。每天，她總要黏著我撒嬌地說上好多次：「I Love You!」。終日喋喋不休的她，最愛跟爸爸講電話，通常第一句話是：「我今天在學校很想你！」末一句一定是：「你要趕快回來陪我玩！」其間芝麻蒜皮之事說不完。爸爸一回家自然成了她的大玩偶，近來無意中發現爸爸頭上開始冒出白頭髮，便積極地搶著用眉夾拔除，一邊哈哈大笑，唸唸有詞：「趕快拔哦！要不然爹地頭髮都白掉了，變成美國人了，不會講中文就完蛋囉！」

她夢想當公主，嚮往卡通影片裡在美麗的海洋世界逍遙遊樂載歌載舞的 Little Mermaid。最愛給自己戴上晶光閃閃的小頭冠，誇張地披開及腰長髮，比擬姿態，模仿聲調，唱著舞著，渾然忘我。她喜歡我為她伴奏：「Whatever will be will be」，今天唱到：「will I be pretty, will I be rich…」忽然問道：「媽咪，Lisa說我永遠不可能是princess，真的嗎？我很sad！」

小女孩都愛編織公主夢，漸漸她會知道，就連聖誕老公公這位慈愛超絕的朋友，也都只能屬於兒童世界裡遙遠美麗的傳說。

在熟睡的粉頰上親一個。咪咪，妳永遠是我們最珍貴最可愛的小公主！

（一九九四年四月七日《世界日報》）

我已經長大了

女兒四歲時，為她買了一輛配有輔助輪的粉紅腳踏車。認識了腳踏車不倒的特性，她原本的畏怯盡除，放鬆地把握竅門自由馳騁，儼然成為盛夏中的飆車高手。只可惜，住在高緯度的威州，熱鬧的夏季消逝得特別快；早來的秋天繽紛美絕，然而如詩的楓葉才展遍枝椏，就紛紛任沉不住氣的冷流逼落黃土。九月底，冷流不再含蓄，十月中旬，嚴凜的冬天便毫不留情地降臨純淨的威州。這時不再適宜戶外活動，女兒的腳踏車只好被置放在車庫的最深處冬眠。

萬物蕭條，冰寒困蹇的日子，從幼兒園回來只能蟄伏蝸居。她不時攀窗外望，我知道，她一定在想念，那些盛夏同伴們嬉戲的聲浪，或是秋光裡騰空的紙鳶。她一定不肯接受，被皚皚白雪覆蓋的草坪，就這樣失去了昔日的生氣！

記不清楚什麼時候開始的，她急著要長大，學著要為自己穿戴衣物，大人的參與常常引發她的挫折感，我只能在一旁靜觀鼓勵。曾經，她大而化之，上衣反了下裙歪了都無所謂；漸漸開始力求完美，裡袖要抓直，領子要翻正，彷彿容不得瑕疵。

她逐漸長大，事事模仿，身為父母，我們一路引領，身、心、智、學方面，一步一步用心扶持。她的人生道上步履輕鬆活潑的日子，帶給我們無盡的喜悅！可是，難免會有遭困的時候，那樣的高燒、夜咳、哭泣、掙扎……，次次都教我柔腸寸斷。

前天深夜，睡夢中彷彿聽到她嗚咽呼喚，我雙眼矇曨衝進她房間。桌燈甫亮，眼見小粉臉上晶瑩的淚水縱橫流淌，於是緊緊將她摟住。「媽咪，我牙齒在動……」她依偎在我懷裡，泣不成聲。「媽咪！我是不是長大了……」我猛然驚醒，撫觸她舌尖上鬆動的小牙齒，我知道，她真的「又」長大了。

從六磅六盎斯長到五十磅，從十八吋半長到四十六吋高，眼見她一點一滴地長大，如今要發展出更堅強的體魄了。然而，嚷著要長大的她，竟然以淚水來迎接這個成長階段，儘管是小女孩膽怯撒嬌的表現，仍然令我百感交集，升起一份莫名的心疼和不捨。天下父母心，對於成長中的孩子，都懷抱光輝的希望，也同時潛藏著沉重的擔憂。

每個人生都充滿變數，難免會經歷煎熬磨難，古今往來的人子，都是這樣長大的。我們的至愛呵！未來迢迢的人生道上，縱將湍流處處，幽深綿亙，我們也得強忍壓抑，目睹她縱身激浪獨自囚泳。身為父母，我們已經清楚認識了一點，唯有受過歷練的人，才能真正的長大，才有能力克服生命中必經的無常和荊棘險阻。

今晨，她張開缺一顆牙齒的小嘴，笑嘻嘻地對起床的爸爸大呼：「媽咪說，我已經長大了！爹地趕快給我買一輛大朋友騎的腳踏車！」

大朋友的腳踏車，標準型，不具備輔助輪；彷彿騎上這樣的腳踏車，就能證明她已經長大了。

這將是一個新的開始，她不能永遠被輔助，我也不能永遠地隨扶，我們將要一起面對「放手」的考驗。想像她可能跌落車座，皮破血流；想像她將迎風飄髮，逍遙地飛馳狂飆……；進一步想像到她的未來……，我擁著悲喜交加的心情，忍不住眼眶聚淚！

未來的歲月，「放手」的考驗還多著，我們會在每個階段斟酌配合引導協助。但願她長大的過程，能獨立而勇敢地通過人生必經的每一個考驗，踏踏實實為自己創造出一幅五彩豐富的喜樂人生！

（一九九四年五月十二日《世界日報》）

最美麗的騙局

過了感恩節，深情活潑的聖誕歌聲便逐漸揚起，閃爍晶瑩的聖誕燈火爭先照耀，舉世升騰一片歡動的氣息和浪漫的情調，人人發揮熱情和創意，極盡能事要營造一個既燦爛又神祕的聖誕節。這是個最貼近也最振奮童心的節日，眼見它一天天來到，小孩們擁無限期待的心情，夜夜凝視充滿希望的蒼穹，一刻也等不及了，全心盼望住在北極的聖誕老公公儘快乘上雪橇，鞭策飛天的鹿群，在聖誕夜趕到人間，將禮物塞進他們紅紅綠綠的長襪裡。

以為每年都這樣，可以用遊戲的心情陪女兒迎接聖誕老公公，直到有一天……

先從女兒七歲那個聖誕節說起。

那一年有樣最受歡迎的新鮮玩具「Dreamland Baby」上市，幾乎每個小女孩給聖誕老公公的 wishlist 都列了這一件。起初，媒體傳來這項玩具被熱門搶購的報導，不久又聽到一些商店缺貨的流言。以為是商業上的宣傳技倆，我沒有嚴肅看待，可等到有空了，把小城尋遍，才發現 Dreamland Baby 果真全部售罄！

眼見聖誕節就要來臨，外子特地安排時間和我出去做最後的努力。我們一定要買到女兒的聖誕禮物。威州的冬天，大地永遠被白雪覆盡，由於家家缺貨，那天我們迎著滿天紛紛揚揚的雪花越開越遠，最後終於在近兩小時的一個大鎮上的某家 Target，買到店裡僅存的一個 Dreamland Baby，真令我們欣喜若狂！那大概是有生以來最刺激的一次購物經驗，果真買不到女兒最中意的禮物，可就等於親手扼殺了女兒心目中聖誕老公公的慈愛和神通！

聖誕節當天我很早就醒來，先是聽到隔壁房間有點動靜，接著瞄見女兒的粉紅睡衣閃過我們臥房門口下樓了。一陣拆禮物的聲響之後，很快聽見小腳步又衝上樓來，還沒進入我們房間，已經迫不及待發出驚喜的叫笑：「Oh! Santa! Oh! Santa!……媽咪，爹地，你們看、你們看，Dreamland Baby!」女兒跳上大床，笑得合不攏嘴，一隻手臂摟著睜著大眼可愛柔軟的 Dreamland Baby，小手掌合十胸前，跪了下來，還忍不住興奮地全身搖晃，嘴裡不停地說著：「我怕 Santa 沒有收到我寄給他的信，昨天晚上睡到一半，我爬起來跪在窗前向天空 Pray，我請 Santa 一定要送我 Dreamland Baby。Santa 真的送我 Dreamland Baby，Oh! Thank you! Santa。」她的反應特別激動，她的快樂朗朗發光。

根據統計，美國的兒童一般在六、七歲左右，就會主動或被動地識破聖誕老公公的祕密。大概因為女兒在班上最年幼，再加上沒有兄弟姊妹，使她比一般同學缺少認知真相的機會。這一年，看她對聖誕老公公的神通和慈愛景仰到了極點，我表面上陪著她歡笑，內心卻在醞釀著一份不忍，很清楚地知道，她將要面臨一個樂極生悲的考驗！

時間過得很快，女兒八歲了。那年十二月，我罹患感冒高燒臥床，女兒見狀，淚眼汪汪：「媽咪！我希望是我生病不是妳生病！」這話觸到心窩，令我感到心疼和安慰，驚覺女兒長大了！

我完全康復了。第一天親自去接她放學回家。上車還沒坐穩，她看著我，滿腹委屈似地竟嗚咽哭了起來，豆大的淚珠一顆接一顆流淌。我還沒來得及問清楚，她已喃喃道出：「媽咪，我知道了，Santa is not real……」原來，就在我臥病的那幾天，她從同學處得知了這一個訊息。她哭著繼續傾訴：「我擔心媽咪的病，一直忍著，不去想聖誕老公公。」聽到這裡，又是一陣心疼，緊緊摟住了她。啊！我的女兒，真的長大懂事了。

其實我們都有心理準備，這一天，遲早得要來的。如我所料，和許多孩子一樣，她拒絕相信，不肯讓每年送來心愛禮物的聖誕老公公只活在故事書裡；和許多孩子一樣，她流淚抗議，為什麼諄諄告誡孩童不要說謊的大人，編織了這麼一個終會成空的謊言？

她究竟是個樂觀的孩子，發洩一番了，便收拾起眼淚，認真地面對事實。我知道，她可以瀟灑地揮別聖誕老公公，但是拒絕不了全世界的熱情；我看她正用如常的心情，快樂地迎向一個全新的聖誕節。

平安夜來臨了，女兒津津有味地聽我們陳述前一年搶購Dreamland Baby的過程，還沒聽完就嬌氣地摟向我們，一再說謝，還笑個不停——她一定在笑自己，也笑天下的小朋友。原來，每年都在經歷一場受騙記，而那麼多共同努力成全騙局的騙子，竟然都是身邊的父母親朋，還有認識或不認識的各色人種！

儘管不再冀望聖誕老公公了，臨睡前我依舊陪著當時才八歲的她倚在窗前眺看映雪的長空，一面聽她唱聖誕歌。萬籟俱寂，只見前庭那棵飾滿五色燈火的聖誕樹，在黑暗中兀自閃爍。唱到「Santa Claus is coming to town」，她忽然止住歌聲，說了一句令我難忘的話：「媽咪，我覺得這是世界上最美麗的騙局！」

（二〇一〇年二月三日《世界日報》）

我的太陽

坐在電腦螢幕前朗讀朋友傳來的訊息。全文一再強調用香蕉皮按摩可以治癒被曬出來的臉斑。可我不太相信，想聽聽先生的意見。

左邊的書桌，先生一面上網一面聽著，還一面鼓勵我試試無妨。我內心忽然升起一股莫名的消極感，喃喃自語：「臉上的斑好像比以前多了些？」

「是啊！」他對著電腦點點頭，主動地回答。

「你說，比什麼時候多？」發現他觀察入微，我十分吃驚，立刻不甘心地問。

「以前啊！」他晃了晃腦袋，很快丟出一句不清不楚的話。

「多久以前？」我非常在意，焦急了起來，轉頭望著他繼續追問。

「小時候啊！」他緊盯電腦，不看我，語氣漫不經心。

我斜他一眼，握拳誇張地捅一下他粗壯的右臂，用高八度的聲音罵了聲：「討厭！」

他收起原本在敲擊鍵盤的雙手，環抱在胸前，不疾不徐轉過身來了，笑容可掬地迎接我假裝生氣的眼神，伸出右手用食指點了一下我的鼻頭，說：「還記得，我一九八五年遇見妳時，妳的臉……潔白無瑕？」

這是不爭的事實，然而今非昔比的無情對照，聽了頗不是滋味，於是毫不猶豫脫口而出：「這麼說……是認識你以後才開始長斑的。所以是你害的。」

他的笑容由神祕而曖昧，俯近我，厚實的手掌搭在我的雙肩上，悠悠道：「No、no、no……，應該說，我是妳最忠實熱情的太陽！」

（二〇一〇年六月一日《世界日報》）

ABC的鄉愁

那天晚上，電視機正播放紐約時代廣場迎接二〇〇五年的盛況，依偎身邊的女兒跟我撒嬌道：「我好希望能回臺灣過春節！」

我有點驚住，想不到雙眼盯著電視機裡一波又一波燦爛煙火的女兒，竟然和我一樣，內心已被催化出中國年的情懷。在美國土生土長，經常聽我們講述家鄉年景，我知道她心裡一直充滿無限的憧憬和嚮往，書報上繽紛的彩圖以及錄影帶裡有聲有色的歡騰影像，早已無法滿足她的好奇心。

我生長在一個十分講究年味的家庭。女兒三歲時，疼愛她的阿姨從臺灣寄來繡滿鮮花的棉襖和紅包；除夕夜她穿上那套中國式的童裝，愛不釋手抓緊繪有金童玉女的紅包，懵懵懂懂聽我們講述過年的習俗，學辭歲、學拜年；有關中國年獸的傳說，是那一夜她最愛聽的故事。

女兒開始上學的時候，我們住在中國人稀少的威斯康辛州；每逢冰天凍地的歲末，總叫我特別思念親人，總會回憶小時候爸爸教我寫春聯的景象。逐漸長大的女兒，受到我們的影響，對中國文化很感興趣，小學二年級，學不來寫春聯的她，要求我到學校去給她的同學們介紹多彩多姿的中國春節。

那日，我們都穿戴了具有特色的中國服飾。一堂課的時間，我逐步說明有關臘八粥、臘味、灶神、門神、鞭炮、春聯、年畫、年夜飯、壓歲錢、元宵花燈等種種習俗的由來以及諸多過年的禁忌，一面介紹各種有關的圖片和道具。孩童們專心地聽講，一張張天真無邪稚嫩的臉龐，時而流露驚訝的眼神，時而發出好奇的嘆息；待我說完除夕吃「元寶」的典故，大家歡天喜地的品嚐我帶去的水煎餃。女兒快樂得意極了，晚上興奮地透過越洋電話向爺爺奶奶外公外婆一一報告：「今天媽媽去教老師和同學們過中國年。」

其實二〇〇五年，我們已搬來新澤西州度過八個寒暑。本地華人眾多，年年都舉辦各種春節活動。家鄉的春節當然不一樣，回想起來盡是熱鬧的氣息，大街小巷紅男綠女穿梭不斷，喜氣的年畫，古意的彩飾，恭喜發財的歌聲……，至於滿街令人眼花瞭亂琳瑯滿目的年貨，更不知牽繫住多少海外遊子的心！

我試探地問道：「為什麼忽然想要回臺灣過春節？」

女兒回答：「在黎阿姨家，大家圍著圓桌，人人使用筷子，那麼豐富的中國菜，話聲不斷，笑聲迭起……，像不像春節的年夜飯？」

在那不久前，住在北新州的同學熱情邀宴，親自下廚做了十幾道拿手好菜，席開兩桌，大人小孩二、三十人，溫馨又熱鬧，滿屋子歡氣。經女兒提醒，我一面回憶，一面也嗅出了在家鄉吃年夜飯團圓美滿的氣息……。我感到驚詫的是，十六歲的女兒居然擁有如此熱情又敏感的中國心。

於是，女兒上大學時，我們鼓勵她赴紐約大學的上海分校學習一年。她玩遍江南，去了雲南，更如願以償親身體驗了中國的春節，國語也說得更道地了。女兒自己相當肯定那一趟中國行的收穫，令我們感到很欣慰。

正當二〇一二年十二月，那些不斷唱衰末日的人們，用戰戰兢兢的心情迎接二〇一三年曙光的時候，已經研究所畢業的女兒又發表感言了。

「我還是特別想回臺灣過中國年……。」

「為什麼？妳不是去過上海了嗎？」

「媽……，我知道臺灣和大陸不一樣，臺灣才是你和爸爸生長的地方，而我是你們的女兒……。還有，難道你們不覺得應該趁早把握機會做自己想要做的事嗎？誰知道世界末日什麼時候會到來？」

啊……！我可愛的女兒……，又長大了！

（二〇一三年一月二十八日《世界日報》）

【寵物】

粉紅色的狗

這是女兒四歲生日前夕要求的禮物。不是玩具，是一隻有血有肉，吃喝蹦跳的真狗。

不記得她何時戀上粉紅色的。衣服、鞋子、手套、襪子、髮飾、玩具、小傘、小被子……，都要求粉紅色。這一點其實跟我很像，至於狗，我最喜歡的小動物，竟然也是她的最愛。

好一段日子以來，每天早上去上托兒所，她會假裝牽了條狗，打開車門，先做一個抱狗上車的動作，然後自己爬上車。放學了，又特意從教室的課桌旁，將假想的狗鍊挽上手，一路哄哄笑笑，最後抱上車子一起回家。我把這一切看在眼裡，雖然覺得有趣和感動，就是無法下決心給她養條狗。

小學五年級，體弱多病的我擁有了一條狗，此後十六年的光陰裡帶給我無數的快樂和美麗的回憶。記得那是蟬鳴特別刺耳的一天，露西壽終正寢了。大太陽下，毫無知覺的她側躺在後院的磚道上，我抱起她沉重的軀體禁不住潸潸落淚，想到她虛弱又失明的晚年，曾經掉入院外的水溝裡，曾經盲目地撞上電線杆……，一幕幕，都叫我不忍心回憶。當天爸爸在後院的芭蕉樹下挖出一個深坑，我雙手捧她入土，一串串眼淚隨著下葬。雖說露西已去了十年，想起來依舊十分令我心痛和難過，她可愛的身影歷歷在目，永遠難忘！

女兒四歲生日早過了，我們施用緩兵之計，要等她上小學才有能力分擔照顧狗狗的任務。

記得初次送她到保母家，在門口還哭得聲嘶力竭，進門才看到一隻可愛的小獅犬，掛滿淚水的臉龐竟立刻露出了笑容，從此天天樂於去有狗狗的保母家。

遺憾的是，外子經歷過愛犬失蹤後淪為香肉之痛，和我一樣不敢再輕易動養狗的念頭。女兒的要求，頗令我們感到為難。

其後，在許多個哄她入睡的夜裡，我們看著她天真無邪的小粉臉，忍不住會拾起有關養狗的話題，討論養狗對她的影響。始料所未及，經過一段日子的沉澱和思維，我們的意志居然動搖了，樂觀的信念逐漸膨脹，積極地拿起紙筆，一一列出養狗在教育上所具有的正面意義。最後拍板決定，要為心愛的女兒物色一條可愛的狗。

我原本希望能避免再一次親見寵物老死的悲劇，尤其不忍心讓愛女也經歷我們所遭遇過的傷痛。

回憶起自己長大的過程，深受孟子：「天將降大任於是人也，必先苦其心志……」的啟發，在講堂上也總是告誡年輕的學子：「凡事有一得必有一失」，生下女兒後，更謹記親朋好友的提醒，下定決心，不要將愛女養成嬌弱的溫室花朵。如今遇到了這樁養狗事件，才看清楚我所推崇的勵志哲學只是禁不起考驗的口號。原來，我和許多為人詬病的父母一樣，缺乏執行「愛孩子就不能過度保護孩子」的能力！

又想起產後不久，一天我抱著襁褓中的女兒忍不住對著電視上的廣告落淚。螢幕上有個穿著美麗舞衣的小女童，著粉色皮鞋的雙足，謹慎地踩在父親的鞋面上學舞步；鏡頭忽地一閃，女童長成亭亭玉立的姑娘，一身白紗禮服，在父親慈愛的眼光中幸福地獨舞，最後在充滿喜悅又感傷的氣氛中，父親終於依依不捨將她交給新郎……。

那個廣告給了我最深刻的提醒，女兒總要長大離開的，我只能用鏡頭留住值得回憶的每一個當下。進一步警醒到，其實每一個當下的生活教育更重要，身為父母，務必要小心地帶領她勇敢、積極、健康又快樂地成長。

甚麼顏色的狗都好，相信女兒都喜歡。而這一段決定養狗的心路歷程，又讓我們夫妻倆觀照到彼此個性上的一致和相容，再一次感受到心靈共同成長的喜悅。

更深深的體悟到，每個生命都是獨一無二的，從小能及時得到具體的生活歷練，將來才能及時的長大。

（一九九三年六月三日《世界日報》）

病中伴

十歲那年，阿姨用當時水果店裝飾禮品的小竹籃，藏入才滿月的露西，從臺北搭火車南下探望罹患腎臟病的我。

一隻小獅子狗，居然可以為低潮恐懼的心情帶來這麼多的樂趣。她來，為我童年的生活譜出一段最美麗的樂章！

身體不適休學在家，總是不愛起床。露西彷彿具有神奇的力量，竟能迅速地調正我清晨的心情。我不再賴床了，每天積極地搶在第一聲雞啼時就睜開眼睛，只要瞧一眼窩在身旁的露西就好像看見了希望。意識到我翻身要起床了，她就會立刻搖晃著胖嘟嘟的尾巴，像絨球一般地迎向我，任我熱烈地擁抱她，逗弄她，然後將她頭部的長毛朝上紮成整齊的一束，露出一對最忠誠、無邪的眼神；要讓她輕鬆地看到我，也輕鬆地看看這個花花世界。漸漸地，露西成為我生病的日子裡最重要的同伴，她默默撫慰了一個病痛中無助而頹喪的心靈。

腎臟病患者的飲食頗多限制，尤忌鹽份。面對乏味的三餐，我從來沒有食慾。露西靈活可愛卻霸氣十足，竟然從不挑嘴，我的食物擺上來了，她就一定爭取分享。身型嬌小的她，老愛將一雙前腿趴上小矮桌，後腿在地上頻踩碎步，搖尾仰頭迫不及待的模樣，最是可愛。她善解人意，任何時候，都不會主動去碰觸桌上的食物，只是焦急地環繞我身邊。陪伴我進食，她一舉一動都令我感到樂趣無窮，食物有無滋味也不是問題了。

日子一天天過去，露西和我如影隨形。我經常得去看醫生，每回她不情願地目送我出了門之後，一定立刻跳上窗臺，扒著窗門不死心地哼哼叫；而老遠聽到我回家的聲音了，便飛快地啣起拖鞋等著我進門。我漸漸恢復元氣，迷上了裁縫，露西溫馴地趴在一邊，覆蓋在長毛下的雙眼，好奇地盯著我踩踏在縫紉機上的雙腳，偶爾搖搖尾巴，彷彿替我打拍子。生活裡的一切，我已經習慣了露西的參與。再也不能沒有露西了！

然而，露西竟然失蹤了！

北風呼呼地吹，傷心的我每天塞緊了厚厚的棉襖，撐著瘦弱的身體，出門做地毯式的搜索。弟弟妹妹以及鄰居朋友們，也天天在放學途中幫忙呼喚找尋。一個月過去了，希望越來越渺茫。

那年冬天特別冷，體質虛弱的我不斷地感冒咳嗽。腎臟病患最怕感冒，偏又得了扁桃腺炎。悽風苦雨的一夜，躺在床上想念露西，忍不住落淚，更沒有勇氣面對兩天後的扁桃腺切除手術了。

就在那個深夜，迷糊的睡夢中，我彷彿聽到窗外的狂風夾雜了幾聲蒼涼的狗吠，清醒後，還懷疑自己是否在做夢？因為，我同時聽到了露西平日進後門時用爪子觸門的聲響，繼而傳來她熟悉的哼哼叫。我不敢相信自己的耳朵，既驚又喜大聲叫醒了隔壁房間的爸媽，全家人幾乎在同一個時間跳下床，迅速衝向了後門！

不記得誰打開的門，鑽進來的竟是一條髒兮兮濕漉漉的狗，頸上還繫著半節掙脫的鐵鍊，熱情急躁地搖著尾巴在我們腳下團團轉。僅管看起來是一條完全陌生又不起眼的短毛狗，我們都立刻解除了懷疑，都相信她絕對就是全家人朝思暮想的露西。興奮中，顧不得三更半夜，急忙燒水給她洗澡，挪近電爐給她取暖，撫她哄她七嘴八舌猜測她一個月來的遭遇——究竟是什麼人，剪短了她美麗金色的長毛，剝奪了她寶貴的自由？

露西失而復得，我的心情特別愉快，健康有了起色，終於可以回學校了。第一天，露西陪我踩踏寬闊的草坪去上學，老師特准讓乖巧的她趴在我的課桌椅邊相伴。

國中、高中，日子過得越來越忙碌，露西對我更形重要。她能紓解我繁重的升學壓力，她陪伴我度過一個又一個挑燈夜戰的寒夜，她是我吐露心事最無顧忌的朋友。

大學負笈北上，最不習慣的是放假才能返家和露西相伴。一年年過去，值得懷念的事情許許多多，其間她曾誤食朋友家的滅鼠藥，我親眼目睹她痛苦掙扎幾至喪生的過程，至今回想起來仍舊感覺心疼。

大學畢業後我留任助教，第二年暑假，因腎病復發返回南部休養。這時候的露西已經老態龍鍾，身上的長毛稀稀疏疏。我看她行動緩慢，精神不濟，感到十分難過；有一天眼見她跌進院外的小水溝，才驚覺她已半聾半瞎。就在那個暑假，露西離開了人間。

爸爸在後院近籬圍處的芭蕉樹下替她掘了墳，我噙住淚水雙手緊捧著她站立一旁，最後還是蹲了下來，萬般不捨仔細將她放入墳坑。黃土一鏟一鏟終於覆盡了露西的屍體，我的眼淚汩汩奪眶，啼啞涕泣，不能自已……。

細數起來，露西陪我走過將近十六年寶貴的歲月，她的影子至今鮮明地活在我的腦海。將是我一生永遠的懷念！

（《世界日報》「寵物」話題）

我的小女兒

小學時代曾因病休學兩年，阿姨為此給我送來一隻獅子狗，名喚露西。多年後留學美國，發現洋人特別喜愛鼓勵病患或老年人養狗，因為根據醫學實驗，養狗可以幫助病患撫慰身心，幫助老者恢復生命力。我相當同意這種說法。

露西陪我度過十六年歲月，的確帶給我無限的快樂。她壽終正寢，說是很有福氣了，然而仍令我傷心至極，為此，多年來不敢有養狗的念頭，連帶女兒屢次要求養狗，我也沒同意過。

然而七年前，在一見鍾情的情況下，我竟然毫不猶豫從朋友家帶回一隻才滿月的法國種小白狗。全家人既愛狗，也熱愛音樂，一致同意為她取個富有音樂氣質的名字——Melodie。

第一眼和Melodie相視，她彷彿跟我有約一般，轉身就離開她的一窩姊妹朝我走來。她雪白輕巧，我才屈膝雙手將她捧上，滿身絨毛的她就沿著大衣縫隙，圓滾滾鑽進了我的懷裡，彷彿一股暖流貼在胸前，十分溫馨，我愛憐地將她擁緊了，再也不肯釋手。內心萌生幽微的直覺——她和我，前緣深重！

西方人說，狗是人類最要好的朋友。Melodie 來到我們家，不但是最要好的朋友，也是永遠長不大的小女兒。小女兒！這麼呼喚過幾次，她居然就懂了，從此一呼就來，這還能不集三千寵愛在一身？

小時候養狗，只知道陪狗玩，打理露西的任務落在母親肩上，從來不須我操心。如今，有關小女兒的一切食衣住行育樂，全靠我這個自稱為媽咪的來替她張羅打點，才知道有多麻煩！然而，幾年下來，我原有的潔癖竟然也幾乎被她磨光了！

起初，用任何一手餵過她，都會神經質地覺得另一手也沾上了她的唾液，得將兩手重新洗淨，才敢再碰觸自己的食物。還有，剛來時，她一上沙發就被趕下來，更不許她上床鋪，只要她坐過的沙發必立刻清理，碰過的床褥就要重新洗滌。她對我這樣的反應十分敏感，每每流露出受傷的眼神，卻老愛重複向我的禁令挑戰，擺明試探我對她的愛心和耐心！不知是「愛到深處無怨尤」？或說是累了？我逐漸一一妥協，她的日子也越過越自在了。

看得出來她最愛姊姊，記不清何時開始的，她夜夜擠在姊姊舒服的枕邊，睡夢中還縱情打鼾，姊姊也最愛她，毫不嫌棄，甘之如飴。三年前姊姊離家去上大學以後，一張床就完全由她獨享，她大辣辣地亮出小腹仰睡在平整柔軟的床央，放鬆舒服的模樣，看了總叫我忍不住會心發笑。噯！小女兒當如是也！

幾星期前，朋友心愛的北京狗忽然歸西天了，令她傷痛至極，好久不願意出門。這叫我開始擔心起心愛的小女兒。狗的一歲抵人的七歲，我們前些日子還在開玩笑——小女兒感恩節就要滿五十六歲，將是我們家年歲最長的成員了！

說是玩笑，卻也承認了她的不再年輕。小女兒終要老去，到時候，我能承受得了多少？記得另一位朋友，在愛犬滿七歲那年頻頻追問：「是不是要趁早趕快再養一隻，否則這隻走了，情何以堪？」

年少時代也經歷過喪狗之痛的外子建議：與其死後追憶，不如從現在就開始給小女兒寫「回憶錄」，用當下快樂的心情，刻劃她最生動的一面。

是的，用文字，留住她永恆生動的形影！

（二〇〇九年十月二十四日《世界日報》）

#【我看我說】

時代的浪子

去年返臺，聽說一個悲劇。此事發生在好友身上，難過之餘，也為臺灣繁榮進步中所隱藏的墮落現象嘆息。

她優秀的先生，原在一家著名的大公司擔任工程師。幾年前受朋友影響，進入火紅的股市，迅速致富，遂辭去穩定的工作，斥巨資經營起頗具規模的ＫＴＶ娛樂廳。躍身大老闆之後，逐漸得意忘形，不但食、衣、住、行追求豪奢，竟至吃喝嫖賭樣樣來，和昔日樸實保守負責穩重的他判若兩人。

世事無常，股市最是詭譎多變，然而逐漸野心勃勃的先生，早已聽不進妻子的保守苦勸，終致樂極生悲。風光傲人的財富轉眼跌空，ＫＴＶ被迫停業，不但全家生活陷入困境，他個人的健康也出現紅燈，肝病、高血壓、糖尿病、腎臟病同時爆發，想必是平常吃喝無度生活不正常的後遺症，未及一年奄然而逝。想當年曾經讓多少朋友羨慕的幸福小家庭，竟能破敗到這等田地，聞之令人不勝唏噓！

民國七十年左右，臺灣各方面的發展突飛猛進，兩千萬人胼手胝足的努力，創造出經濟上的奇蹟，光榮晉身亞洲四小龍之一。眼看長久歷經苦難的民族，一步步邁向富裕的生活，本當值得欣賀，遺憾的是，身在海外的我，能感受到中國傳統文化裡最講求的勤儉務實，溫良恭儉讓的美德，在美麗的寶島上逐漸式微了。一天天，我看到或聽到來自家鄉各種新聞媒體的報導，充斥了金錢誘惑所引發的社會亂象，尤其是笑貧不笑娼的風氣，在嚴重地助長一個「有錢卻心靈貧窮」的病態環境。

身處這個號稱進步的時代，反叫我特別懷念從前。一、二十年前的生活，雖然簡單樸實，沒有繁華進步的享受，可人與人之間充滿誠懇的互動，大環境充滿善良的氣息。多麼想念那樣的日子啊！卻永遠不可能復返了！

當今的臺灣，類似朋友家的不幸事件，並不罕見。不免要感慨，那些失足頹敗，以致萬事瓦裂的悲劇，何以不能人人引以為戒！難道真應了古人所云：「富貴太盛，則必驕佚而生過」？

（一九九三年三月九日《世界日報》）

唐娜的寵物

唐娜去度假，託我每天抽空前往她家餵食寵物。一星期來，幾隻貓狗出現了很令我費解的異常行為。

曾經繞在身邊抓撓嬉戲的兩隻貓兒彷彿不認得我了，聽到我進門的聲音便迅速閃躲，一溜煙便不知去向，千呼萬喚就是不出來。

至於兩條狗，Lady見到我依舊很熱情，還會將捲起的長毛尾巴貼著我撒嬌。Shrimper的表現就大不相同了，一向安靜的他，幾天來總是用充滿懷疑和防衛的眼神和我對看。我從來相信狗可以嗅得出愛狗人的善意，如今看來卻似乎不成定律，因為只要稍稍靠近，他就猛然退後並發出奇特的尖叫聲，令我感到莫名的緊張和不自在。

唐娜回來了，Shrimper似乎立刻就恢復正常了。聽完我的陳述，唐娜使個眼神，一面笑嘻嘻地將趴在沙發椅旁的Shrimper摟到胸前，向我道起幾隻貓狗的身世。

原來，除了Lady，其他三隻寵物都是她在路旁撿回來的。初來時都很脆弱，Shrimper尤其傷痕累累，脆弱得奄奄一息，判斷可能遭遇過嚴厲的凌虐，花好長一段時間才得到他的信任。唐娜說著說著，俯身親一下Shrimper，沒想到Lady見狀竟立刻跳上沙發，擠進Shrimper的地盤，進一步舔起主人的手掌，這明顯爭寵的一幕，令我們覺得十分有趣。

憶及國中時的一個學妹，從小失去雙親，由舅媽撫養長大，我聽她說過遭遇凌虐的故事，也知道她的不快樂、孤僻和負面。我可以想像，眼前三隻貓狗異常的行為，必定和他們曾有過的不幸遭遇有關。我聽著覺得不忍，刻意蹲到唐娜面前輕聲喚著：「Shrimper! Shrimper...」，想要傳遞善意安慰牠受傷的心靈。這一刻的他毫不抗拒，任我撫摸，溫馴的眼光特別惹人憐愛。在唐娜懷裡，他完全放鬆了，他必定感受得到自己是幸福和安全的。

我相信，許多動物不但擁有智慧，同時具有人性化的感情和尊嚴！我是個愛狗人，了解了Shrimper，心疼他過去的遭遇，也慶幸他能碰到唐娜。

（一九九三年九月十八日《世界日報》）

說——詩可以群

不論中外文學，都以詩為雛始。拿中國來說，文學藝術濫觴於《詩經》；就外國而言，西洋的文學批評萌芽於亞里士多德的《詩學》。總而言之，吾人可以說，詩乃一切文學的鼻祖。因此要探討文學的功能，往往要從探討詩的功能入手。

詩的功能是什麼？最基本的說法見於《論語・陽貨篇》：「詩可以興，可以觀，可以群，可以怨；邇之事父，遠之事君，多識於鳥獸草木之名。」本文所要談的，僅就「詩可以群」的範圍立論。《論語》中所說的詩，自然是指「詩經三百篇」而言。然而從廣義的立場來說，詩被定義為文學境界最高的藝術作品，中外皆然。

論到詩的功能，可以從美學的觀點及藝術哲理兩個範疇來作衍論。

藝術本身的發展，從來都是隨著社會生活而進化的，藝術對社會人類的功用及意義，難免隨著各個時代的思想標準而不斷更異；故而，論到詩的功能，自然必須介入社會學的觀點，尤其要對人類的精神層面，進行周密完整合情合理的分析，始能探得「詩可以群」的精髓。

「群」字在此已轉化成動詞用法，如同「群居終日，言不及義」的「群」，皆有「聚」的含義。想孔老夫子此言，譯之為白話文，大約是說：「詩可以團結人心」。

詩果真可以「群」嗎？

若要從社會學的觀點來衡量「詩可以群」的價值，首先必須肯定一點：人類都是有感情的。一切文學作品，重在表達情意，其中以詩的表達技巧最為精緻美妙。從主觀立場而言，詩可以神秘地將個人感情作出豐富的反映，令人有一吐塊壘的舒暢感。世人因情造景，借景生情，喜怒哀樂的感情隨時都在發生，所謂：「臨風灑淚，對月抒情」，所謂：「人生常恨水長東」。將花前月下之情，生離死別之情，注入文字藝術，可以慰藉受傷的心靈，可以發洩胸中鬱氣，調劑生活上的荒涼偏枯。

從客觀立場而言，詩能表達天地悠悠，物我合一的境界，在舒展人心的同時，也往往能傳遞倫理道德的意識，激發出充實世宇的「共鳴」之情。以杜甫詩作為例，文字裡處處表達為民喉舌的胸懷，那休戚與共苦難同當的群眾感情，本足以撼動天地，透過文學藝術來呈現，自然具有不朽的價值，這是他「詩聖」美名得以萬古流芳的主因。至於俄國托爾斯泰說得更清楚：「藝術可以表達一種宗教意識，使天下人如兄弟般連結在一起，共進世界大同之境。」這段話的意義，正和孔子「詩可以群」的藝術精神不謀而合！

在詩的宇宙中，我們體會到大千之美，咀嚼出萬有之富，詩的內容浩瀚多姿；欣賞詩作，在靜觀自得的剎那，在心領神會的一刻，最令陶醉，醉倒在物我合一的冥化世界，直叫人不肯清醒！

當下詩情盈腹，且聽我低吟：「我見青山多嫵媚，青山見我應如是。」辛棄疾描繪青山與我融合一體，溫暖的惺惺相惜之情，像無聲的清流，不著痕跡地徘徊蕩漾，在我柔軟的心梢。

細品這兩句詩，我體會到了，物我之間扣人心弦的絲絲共鳴！

（民國六十八年九月三十日《中央日報》）

有關愛情

大雪紛飛的一天，學區停課。五歲的女兒躲在屋裡看卡通影片。

正在廚房忙碌，忽然聽見隔牆隱隱約約傳來嘶嘶聲響，我好奇地步出廚房張望，只見女兒雙手環抱小小的身軀，坐在起居間的沙發上低聲哭泣。原來，她看的是迪斯奈公司出品的《美女與怪獸》（Beauty and the Beast），正演到Beast受傷垂死的那一幕。看到我，她開始張口放聲大哭，滂沱淚下，嘴裡斷斷續續說：「我不要Beast……死掉……。」我擁她拍她，叫她快看垂死的Beast就要變成Prince了。她埋進我懷裡更是泣不成聲了：「Beauty喜歡Beast……，我也喜歡Beast……，我不要他死掉……，我不要他變成Prince……，我只要Beast……。」

原來，高貴瀟灑的Prince取代不了她心目中的Beast，縱使劇情中的Beauty是用歡喜心全然接受回復人身的Beast。這其實是她很熟悉的影片，每回看到Beauty和Beast有了最完美的結局，她從來都能轉憂為喜，可這天反應異常，完全不一樣的心情，到底是為什麼，她竟然不再能接受Beast變成王子這麼美好的事實？

愛憐地端詳她天真的臉龐，眼中閃閃的淚光，我透視到她悲天憫人的情懷和善良敏感的個性。我一方面心疼，情弦也受到了撩撥，想起古今以來一樁樁感天動地的愛情故事，同時回憶起現實生活中，我認識的幾位朋友的故事。從好友身上，我看到或不計名利，或不為財富，或在無奈困苦中掙扎苦忍，為愛情堅持奮鬥，有情人終成眷屬的歷程。

縱觀當前的社會，道德觀已然變質，價值觀已然混淆，愛情觀也早已走樣。年輕的一代，多的是只圖遊樂享受，全然不思長進負責，愛情神聖的力量在式微，離婚的嚴肅面逐漸淡化，大量的社會問題在滋蔓。

我喜歡的一句名言，說得莊重又動人：「選擇你所愛的，愛你所選擇的。」意義深刻，從這兩句話，我看到了鍾情，也讀到了包容，它們絕對是愛情永固的必備條件。身處擾擾紅塵，聽聞悲情故事，唏噓之餘，想起洪昇《長生殿》所云：「意中人，人中意，則那些無情花鳥也情痴。」兩情相悅是最美好的境界。

人生，時而美麗多姿，像炫目迷人的萬花筒，卻也可能忽然墮入命運的輪迴，在不測的風雲裡翻覆。然而無論如何，終究是一坏黃土。是以眾生永遠在無常中浮沉，在空滅裡穿梭，唯自求多福是幸。

當年在大學講堂，最喜歡對新鮮人說的兩句話：把握當下的一切，使日後遺憾減到最低限度。

時至今日，這依然是我最喜歡送給年輕人的座右銘。

（一九九四年九月六日《臺灣新生報》）

老來最大的本錢

深秋，又是流行性感冒的季節了。這次朋友聚餐，聊天內容三句不離保健。談保健，一定談到飲食、運動、保養品。一群女人個個都像專家，不是長篇大論地細說各類食物的營養成份，就是津津樂道於中國的香功、八段錦、太極拳或嶄新時髦的西方運動器材，最熱烈的話題莫過於保健營養品，從人蔘、當歸、枸杞、紅棗討論到蜂王乳、蜂膠、深海魚油、維骨力、維他命A到Z……。

今天發展出了一個議題：為什麼老公多半不聽這一套？

先生們也不是沒毛病。王先生膽固醇指數過高，葉先生糖尿病，趙先生高血壓，潘先生骨刺，許先生痛風……。

太太們都比較杞人憂天，想到身居海外，將來老了，孩子飛了，只能夫妻相依為命，屆時生活品質的好壞跟健康有絕對密切的關係。放眼望去，重視保健的真的以女人居多。

那麼，男人倒底都在想什麼？

我們得到了結論——重視美食的先生們，一旦被迫節制飲食，便覺得人生失去了樂趣。熱愛科技的先生們，下了班就迫不及待躲到書房去上網，哪有心情做運動。賺錢很累的先生們，顧慮到保養品奇貴無比，還是省下來給老婆吃就好；至於理性十足的先生，根本就不信任商家對保養品所作的廣告和說詞……。

眼看將要散會了，許太太表示還有話要說。許家夫妻恩愛風趣，她的意見一定動聽，大家都豎起了耳朵。

「我先生老是說，他不能沒有我，沒有我他不能活，希望將來比我早走，我懷疑，這是他不肯吃維他命的原因……。」

這話說得很前進，牽涉到先走後走的大事，赤裸裸地談「死」，未免太那個……。然而話還沒說完，已經有好幾個太太笑歪了。其實，許太太的笑話，正反應人生一個最現實的課題。

死亡，是人生絕對不可能逃避的事。恩愛夫妻，儘管都不希望另一半比自己早走，然而來到世間，先走後走，本不是個人能決定的事，果真另一半先走了，自己又沒有健康的身體，日子豈不更難過。

一時之間，不再忌諱，話題重新沸騰了起來。最後七嘴八舌熱烈理出了結論：夫妻一定有一個會先走。誰先走誰後走？無法預知，也由不得人。大夥兒本當理智地看清楚並接受這個事實。人生無常，我們應該積極把握當下的一切，使日後遺憾減到最低限度！

心得滿載，走出餐廳，彼此一面道別還一面積極地互相勸勉：回去要理智地跟老公分享今天的心情；要一起規劃有意義的新生活；要規範好運動、飲食、保養……。身心健康，可是老來快樂生活最大的本錢啊！

（寫於二〇〇九年四月）

被收養的中國女兒

前此住在威斯康辛州，中國人不多的地方，使人更容易思鄉。於是經常開兩個多小時的車程去鄰近的伊利諾州，進芝加哥中國城，去重溫家鄉的氣息。在那裡可以購得各樣中國食品，還可以到海外著名的「世界書局」，找尋我熱戀的中國文化。這個盛滿精神糧食的天地，四壁、櫥架、寬平的桌上，放眼都是琳琅滿目的書籍；不論封面打印的是熟悉或不熟悉的作者，中文書捧在手心，就慰藉了鄉愁。

十二年前我們搬來新州。美東地區中國人多，中國餐館林立，中國超市一家大過一家，然而最吸引我的還是世界書局。一天，和一個小小女孩在書局入口處發生了一段有情的互動，從那之後，去世界書局，再也不純粹是買書的心情。

那是搬來新州的第二年。週末的黃昏，大地殘雪零落。我們一家三口迎著寒氣打著哆嗦，拉開厚重的玻璃門，才擠進溫暖的書店，立刻被眼前一對茫然的眼神吸引住。那個兩歲大的東方女孩，被摟抱在一個笑容滿面的美國男人懷裡，見到我的一剎那，她眼光忽然閃亮，極力扭過身體，包在雪衣裡的兩隻小手臂迅速朝我伸來，委屈哽咽對我叫了聲：「媽！」是驚措忘形？還是前緣作祟？我毫不猶豫前進一步出手攙住她，忽然，旁邊閃出一個身材高眺的美國女人，尷尬對我說聲「Hi!」，慌張地接手將女孩抱了過去。

原來，小女孩是這對善心夫婦兩個月前去中國領養來的！他們到世界書局，為她買一本中文兒童故事書。

身在海外的我，進入世界書局，會有走近家鄉的感覺。這個身不由己的女娃兒，來到異域，見到黑頭髮黃皮膚的東方女人，就有見到親娘的激動。面對尷尬的美國媽媽，我當下讀出了她的失落感，她不辭辛苦帶回來的女兒啊，是否將永遠心繫東方形象的媽媽？

那一聲「媽！」，輕輕呼喚，卻已撼動我敏感脆弱的心弦。她渴求母親懷抱的激情落空，被接回美國媽媽的懷裡了，還繼續用肢體語言向我尋求撫慰，看她失望無助的眼神，好叫我心疼不忍！每當憶及那一幕，真希望往事能夠這樣改寫——我迅捷緊實地擁她入懷，親手拭去了她泛出眼眶的淚珠！

從那以後，她長住在我的心中。在世界書局結的緣，於是暗稱她為「世界女兒」。十多年了，我的「世界女兒」應該亭亭玉立了。

今年五月，此間有一個特殊的中國文化活動，我受託帶幾個普林斯頓高中生前去表演民族彩帶舞。我看到觀眾席上許許多多的美國爸爸媽媽，更醒目的是依在他們身邊一個比一個小的中國女孩。這些孩子，都因為中國一胎化政策、因為傳統重男輕女的觀念，被中國父母遺棄，被美國父母接納。在無知幼小的年紀來到這片完全陌生的土地，她們，是否也有過和我的世界女兒相同的心情？那樣令人心疼的心情！因為美國父母努力要為領養來的寶貝女兒尋根，才有美東F.C.C. 組織（Families with Children from China）所舉辦的這場活動。我忍不住要向在場所有的美國人致敬！他們擁無私的愛心前往中國，歷經繁複手續的過程，終於簽下誓約，願當異國孤女的父母；他們不僅準備在長遠的未來，對來自東方的女兒做無條件的付出，更在領養之初，就用心替她們留住出生的源頭記憶。這絕不是簡單的承諾，更不是平凡的肚量！

或說中國一胎化是不得已的政策，若沒有重男輕女的觀念，也引導不出一樁樁骨肉離散的悲劇。真愚蠢盲目又狠心啊，那樣的父母！

朋友的美國鄰居，數年前領養了一雙中國女兒。不久前，我見到已經長大的女孩，眉宇間散發文雅開朗的氣質，跟美國養父母有活潑熱情的互動。我相信，這兩個體內浮動著中國血脈的女兒，在這裡過著幸福的生活。

來自東方的女娃兒，衷心祝福妳們，離開了家鄉和親人，卻更幸福地活在美國這一片自由的土地上！

（二〇〇九年十一月二十五日《世界日報》）

子夜

子夜，萬籟具寂。

我愛子夜，尤愛在盛雪過後，把握明月高掛的子夜，眺看落地窗外雪白的世界。在月光加持下，映雪的天地空靈無瑕，只有黑白和寧靜互相守候，容易令人思維昇華，靈感發煌，我也彷彿聽得到宇宙幽深的心事和大地朦朧的歎息。

最喜歡在安靜的子夜吟詩。「詩仙」李白，這位屈原之後最傑出的浪漫主義詩人，有一首著名的邊塞詩《子夜秋歌》：

長安一片月，萬戶擣衣聲。
秋風吹不盡，總是玉關情。
何日平胡虜，良人罷遠征。

抒寫長安閨婦，在充滿擣衣聲的秋夜裡，迎著擾人心緒的秋風，思念遠征玉門關外的良人。這麼美的詩名，聽過了就叫我忘不了，而秋月秋聲和秋風，結合成一頁渾然天成的動畫，將含蓄的夜歌，激出無限深情，那樣迴腸盪氣，直搗邊陲，直撼我心。

近來，初閱了中國現代著名作家茅盾的一部巨著——《子夜》。對茅盾的這部長篇小說代表作，終於有了大約的認識。全書以一九三〇年殖民地舊上海為背景，用細緻的文字，鋪陳錯綜複雜的情節，揭開上海這座現代都市的面紗，描寫資本家的豪奢寡情、證券市場上的現實火拚，夜總會的光怪陸離、工廠裡的陰狠爭詐、詩人們的借古諷今、教授們的高談議論、太太小姐們的愛情生活……，場景歷歷。

根據書評，《子夜》結構嚴謹，人物眾多，線索清晰，主次分明。曾因喜歡「子夜」一詞，愛上李白的《子夜秋歌》。如今有緣得到茅盾的《子夜》，讀罷一回，意猶未盡，決定重讀，要藉它帶我走入上海這花花世界，去研究那個時代中國的社會現象。

（寫於二〇一〇年三月）

e心e意

楓紅十月，收到一封伊媚兒：

二〇一〇年十月，有一個非常有趣的現象，這個月非比尋常：它有五個星期五，五個星期六，五個星期日，這要等八百二十三年才會再發生一次。這個月份被認為是「財富月」，請把這一發現轉寄給八個朋友，四天後你將會得到豐收。這是風水師說的，大家一起發財。

好奇地開啟日曆檔查看，印證了這項巧合。覺得有意思，便毫不猶豫將它轉發給了眾親友。

隔天，有位朋友伊媚兒來問道：「Thanks! Can I sent it to more than eight friends?」

我不禁失笑，想起收到伊媚兒的當下，自己也有同樣的疑問。心裡很清楚，「風水師」三個字，撥亂了我頻率暫時失控的心弦。

對咱中國人而言，「八」象徵「發」，眾所周知，可這裡的「四」代表什麼……？幸好，我的理智戰勝了盲目，不多浪費時間去研究這個永遠得不到真相的問題。說穿了，這其實是一場數字遊戲罷了，不值得傷腦筋！然而，被我譽為數學天才的妹妹對數字絕不含糊，即時求證，回給我一個既理智又科學的答案：「二〇一一年七月，就會再遇到同樣的現象，根本不必等八百二十三年！」

真相大白，這個伊媚兒其實一點意思也沒有。唉！又被某個網路玩家捉弄了！

偶爾就會收到一些負有「使命感」的伊媚兒，或感性地陳述一番深刻的人生哲學，或精心夾帶幾幅神聖端凝具有宗教意義的圖片，末了，鄭重地附上幾句，諸如：「收到後請在×天之內，傳送給×位以上的朋友，將會給你帶來好運……」

人人都喜歡被祝福，都期待好運道。我樂於轉發好運與朋友分享，更樂見一份遊戲的熱情在人間輪迴，調節緊張的人際關係。

直到有一天，收到的伊媚兒，末尾竟附了一段這樣的文字：「如果×天之內不傳送出去，將會給你帶來不幸……」

看完的當下，我便毅然將它刪除了。這麼邪門的結語，近似詛咒，會煽亂人心，我極不願見到不健康的伊媚兒繼續在網上流傳！

網路的問世，改變了人際關係。透過伊媚兒，各方老少朋友都能保持聯繫，互通有無，大幅度豐富了使用者的生活內容。然而倘若接到的伊媚兒，有意無意傳遞了負面訊息，對性格內向保守的人，甚至會引發心理上的傷害。我有一個敏感內向的朋友，曾經因為沒有足夠的伊媚兒地址可以轉發，終日心裡發毛，疑神疑鬼，擔心詛咒成真。

詛咒會成真嗎？

年輕時，我是「人定勝天」的信徒。步入中年，逐漸認識到，不但一切的快樂、成功、得意、富貴，都可能忽然消失，身為萬物之靈，就連我們一生能否平安健康，也往往由不得自己。所以人生是無常的，正因如此，人們對詭譎的詛咒便難以釋懷，便心生畏懼，唯恐某種無形的邪氣，果真能伺機發揮能量，無情地奪走我們的平安和健康。

說起來，無常，真是狡猾冷酷又深不可測，自古以來在生活中挑戰著每一個人的安全感。至於詛咒，我堅信一個對策：「邪不勝正」。與其說是詛咒成真，我寧願解釋為是「無常」在作祟。乃是在遭到詛咒的時刻，正好遇上人生旅途中無常的關卡，出現了不幸，就像是詛咒成真。

我不相信詛咒，因為邪不勝正；也不希冀忽然走運，因為福禍相倚。

對朋友的問題，我當天回覆的伊媚兒內容還很輕鬆：「Ha! Ha! Ha! I sent it to more than a hundred people …」何必執著於八？轉寄給越多朋友分享，我覺得越快樂。快樂，便是最幸福的豐收！

然而，從妹妹處得知真相後，便開始為自己轉發了錯誤訊息感到十分愚蠢和抱歉。我是初始受害者，可也無心捉弄了我的眾親友。

（二〇一〇年十一月二十四日《世界日報》）

聽「送你蔥」，談「杜蘭朵公主」

敲開朋友傳來的伊媚兒，聽一位中國五十多歲賣菜婦女唱首「送你蔥」。耳際明明傳來帕瓦羅蒂（Pavarotti）唱紅的〈今夜無人入眠〉（Nessun Dorma）的旋律，歌詞可是面目全非：

雞腿、雞翅膀，
鴨腿、鴨翅膀，
胡蘿蔔、番茄和大蔥，
薺菜、香菜、芹菜、大白菜、辣椒，
西蘭花、黃瓜，四季豆、刀豆、青橄欖，
快來買吧，送你蔥！

老公和我邊聽邊捧腹大笑，同聲讚嘆她的創意精彩，好嗓子，高娛樂性！

原來，完全不懂義大利文的蔡姓婦女，特別寶愛大師的這首名曲，於是巧妙的選用自己熟悉的雞鴨和各色蔬菜名為歌詞，最後以一句「送你蔥」做結，組成一首妙趣橫生既古典又輕鬆，既傳統又新潮的歌曲自娛。難得的是，她音質渾厚，豪氣干雲直追帕瓦羅蒂。只見她頭上紮兩把細辮，身著粉色Hello Kitty印花圍裙，一派憨氣，卻聽得出是用心練得。

中國！真人才濟濟！還有，老外學中文，又多了個途徑！

也教我忍不住想介紹一下這齣二十世紀最受歡迎的歌劇。

〈今夜無人入眠〉一曲，源自普契尼（Puccini）未完成的遺作《杜蘭朵公主》。這是西洋歌劇中唯一以中國作為舞臺背景的歌劇。

年輕的公主，出三道謎題公開徵婚，答對了嫁給他，答錯的會被砍頭。一天未盡，就砍掉了十三位王子。恰巧一位流亡的王子卡拉夫路過，驚豔於公主的美貌，不顧鐵木耳（王子卡拉夫一起流亡的父皇）和柳兒（卡拉夫忠心的女僕）的憂心反對，更聽不進三位大臣的苦勸，抱著必勝的決心，敲響了高臺下的銅鑼，勇敢地迎接三道謎題，竟然一一破解！

眾人為之狂喜的當兒，公主絕望掙扎，否決父皇的相勸，誓不履約嫁與這位陌生人。王子見狀，開出條件，公主若能在天亮前猜出他的名字，他願引頸自絕，否則公主就得嫁給他。公主無奈，只得答應。

公主立刻傳出命令，要全城的人共同徹查陌生人的姓名。未查明前，任何人不得入睡。卡拉夫於是得意地唱起了一首歌：「今夜無人入眠（Nessun Dorma）」，深信必將擄獲公主芳心。

忽然，人群裡一陣騷動，拖出了鐵木耳和柳兒，因為目睹他們倆和卡拉夫有交談互動，決定向他們逼供。柳兒自始至終忍受嚴型拷打，一邊唱道：「只有我一個人知道他的姓名」。公主十分驚訝於柳兒的堅強勇敢，繼而又聽她唱出：「妳冰冷的心必將融化，一定會愛上他。」進一步楚楚道出可以忍受烤打的力量源自「愛情」，言罷，直奔身邊守衛，攫奪了短刀，直刺個人胸膛。

一時，群眾為純情的柳兒乍燃同情之心，就連冷酷無情的公主都深受感動了。空氣中充滿悲情，群眾緩緩散去了。舞臺上只剩下公主和王子……。

未竟之作，於一八二六年四月二十五日在米蘭斯卡拉（La Scala）劇院首演，當天，演到柳兒為保護深愛的主人而自盡的一幕，指揮家拖斯卡尼尼（Arturo Toscanini）便靜靜地停住了指揮棒，轉身面向正為柳兒悲傷惋惜的觀眾們，感傷說道：「就在這裡，普契尼放下了他的筆……」

普契尼因長年寫作劇本，習慣大量抽煙，罹患喉癌過逝。當晚為了紀念普契尼嘔心瀝血的寫作過程，此劇只演到此便落幕了。

後起的劇作家有意成全，從此舞臺上演譯出這樣的結局——

王子忽然揭去公主的面紗，擁她入懷，熱烈親吻。甜美的初吻，終於融化了杜蘭朵公主頑強的心。王子繼而報出姓名，說明願將自己性命交給公主。於是，公主決定要宣布陌生人的姓名了……，面對錯愕的皇帝與朝臣，杜蘭朵公主慎重地說道：「他的名字叫『愛情』。」

就這樣，在眾人熱烈稱頌皇帝的仁德與偉大的愛情聲中，全劇完美落幕。

（寫於二〇一一年五月）

美東「震」驚

八月二十三日午後，甫坐定電腦前，立刻感到四周不尋常的動靜，不相信是地震，移目四望，發現桌上玻璃杯裡的水位正左右搖晃，這才驚覺自己果真在經歷一場地震。

電話立刻響起，是紐約的女兒打來的。聲音有點緊張：「媽咪，你們都好吧？我們這裡有地震！」女兒從小大而化之，長越大越愛操心。其實我一點也不緊張，震幅很輕微，時間也很短，回想從前在臺灣經歷過的地震才叫可怕。

女兒還在電話那頭喃喃重複：「媽咪，你要趕快出去……。」原來，女兒一面跟我講電話，一面正往室外「逃」。

從小生長在多震的臺灣，原本被教導要躲到桌下或床下避難，可是躲在桌下或床下有被壓成肉醬的顧慮，於是專家根據力學原理做了修正，重新宣導，要就近找尋最堅固的三角地帶藏身才是正確作法。我一直認為這是常識，可經歷了這次地震，我才發現一向聰明的女兒居然毫無概念！我這個做娘的當下有點自責，怎麼就沒想過要教她這方面的知識。

第二天，報上大大的標題：「美東『震』驚」，報導東岸發生百年來罕見的強震，從華府的國會大廈、白宮、國防部一直到紐約的摩天大樓，都迅速疏散工作人員，數以萬計的上班族衝出辦公室，站在街上觀望，紐約市街景恍如九一一重現。第三天，竟出現這樣的標題：「震後美西笑美東」。

歸納笑因有二：芮氏規模五點八，對加州居民而言是小CASE，美東人未免太小題大作了！另，地震來了，紐約上班族個個驚惶失措前仆後繼衝出高樓，居然還站立在附近的大街上觀望，難道不怕地震加劇，高樓坍塌壓到人？

我也感到匪夷所思，這個號稱最時髦先進，充滿無數菁英的大城裡，在遭逢地震的時刻，多數人竟然都缺乏正確的逃生常識。不過，逆向思考一番，倒也不必一味譏笑美東人，畢竟他們難得有遇到地震的經驗。未曾有過地震經驗的人，就像未曾經歷求職面試的新人，拙於應付也是情有可原。

這次「美東『震』驚」，幸無大礙，像是老天給美東人「抽考」，考你應付地震的能力，同時發揮慈悲心，不予計分。

可以確定的是，住在這片繁華進步的土地上的美東人，潛意識裡多了一層憂患意識。君不見地方媒體因而開始積極宣導地震須知，許多原本對地震不知提防的美東人，也持謹慎的態度，想要認識地震來臨時自保的基本常識。日後再有地震，至少知道了如何使災難減到最低。

生於憂患，死於安樂。誰說不是？

（二〇一一年九月二十三日《世界日報》）

現代人是否e太多了

二十一世紀的今天，資訊和科技之間的關係愈來愈密切，相依相存的結果，爆發出空前蓬勃的e景象。記得孩童時代，我們都驕傲地朗頌過：「秀才不出門，能知天下事！」然而縱觀今天的科技發明，神話般地落實了諸多人類過去只能夢想的生活方式，不出門不僅能知天下事，甚至能做天下事。我們天天看著世界各國推陳出新地競相展現進步、新鮮、繽紛奪目的生活風貌，彷彿要將大千世界前所未有的文明一一照亮。

我不愛出門，說起來e生活對我再適合不過；只要打開書桌上的電腦，有關工作、學習、閱讀、娛樂、購物、通訊、諮詢等諸事，都可以歡喜解決。遺憾的是，凡事有一得必有一失，給人類帶來無限驚喜的科技，也同時引生出不少負面的影響。

最近一次返臺，飛機上，我右前方坐個大男孩。我所在的位置和他隔條走道，適當的距離，使我將他的動靜看得很清楚。旅途中只見他雙手不停息地觸弄小小的手機，應該是在玩電動遊戲。我還注意到，每當空姐將餐盤遞給他，他草率吃喝幾口，便歪斜地蒙著毯子睡覺。一待空姐撤走餐盤，他立刻直起身子，三兩下將擋在腹前的小餐桌收妥，拾起手機繼續低頭把玩。

將近十七個小時的觀察，我看這個孩子對電玩入迷太深，當下，將他定位為e世代的「低頭族」，腦海同時浮現出媒體對時下年輕人發出的警訊——「過勞死」。

當今許多年輕人，白天愛當低頭族，只跟智慧手機打交道，到了晚上，還要上電腦當熬夜族。電腦手犯痛了，就換隻手繼續敲鍵，頸椎和眼睛都酸疼了，仍然捨不得下線。日復一日，在缺乏休息的情況下，人體的免疫力迅速下降，病毒乘虛而入，逐漸百病叢生。

不難想像，沉迷e世界的年輕人，不論健康、學業、生活品質、社交能力都堪憂。其實，許多為人父母者也一樣擺脫不了e的誘惑。

舉個例子。來我這裡學琴的學生多半有父母陪同，最近有位家長的行為起了變化，坐在一旁的他，不再像往常一樣專心觀察孩子上課，卻只是一味低頭操縱手機，每每玩到渾然忘我的境界，經常是上完課的孩子走近才將他喚醒。

其實，平常老嫌時間不夠用的我，也有不節制的時候，偶爾會不經意地在網上做不必要的逗留。幾個月前，有位朋友電腦出了問題，待修期間和我通電話，大談沒有電腦的好處，說她因為時間多很多，終於把家重整了，眼睛也不酸了，睡眠充足皮膚變好了……。

不久，輪到我遭遇電腦病毒大作祟。

被病毒擊垮的寶貝電腦暫時成了廢物，我的生活竟忽然失去了重心，失序又空洞的當兒，想起朋友的經驗之談，彷彿被注射一劑強心針，立刻振作起來，動手整理越來越不像樣的書房。

首先將散亂四處的書重新上架，不需要的雜物放手丟棄；一不做二不休，乾脆再將書桌和家俱重新擺置。眼見居家氣象逐漸更新，空間變得整齊舒暢又明亮，心情竟也越來越輕鬆、喜悅和滿足。第三天，撫著酸累的腰背，我一點都不埋怨，反而慶幸電腦罷工，才有機會重整書房，解決一樁許久以來壓在心頭的大事！

這樣的經驗，記憶夠鮮明也夠深刻。從此，每當生活變得忙碌混亂並且覺得時間短缺的時候，坐在電腦前的我，就會在內心反省——是否，我也e太多了？

（寫於二〇一二年九月）

群星舞動慶雙十

二十七年前任教於淡大，留職停薪，以訪問學者身份赴美國香檳伊利諾大學進修半年。年輕善感的我隻身遠在異邦，難抑鄉愁，適逢中華民國僑委會宣慰僑胞的晚會進城演出。十月的伊州，寒意深重，擠在人潮中等候進場，前前後後多是東方面孔的留學生，陣陣悅耳的鄉音，一波波溫柔的吐納，在四周漫溢開來，烘暖了我的心。在海外親見來自家鄉的藝人，賣力的演出，體貼的慰問，臺上臺下一片升騰的氣氛，熱烈的景象至今偶爾還會遊移眼前。

返臺一年後重回香檳城攻讀教育碩士，從此定居美國，數度遷徙，多年來竟一再和來自故鄉的文化盛會失之交臂。去年僑委會慶祝中華民國建國一百年，海外文化團以「奔騰四海臺灣百分百」為主題的晚會在新州首演，我終於能把握機會共襄盛舉，實現了重溫舊情的願望，欣賞到來自故鄉的藝人精彩的演出，心情很激動，印象特別深刻。

一轉眼，慶祝建國一百零一年的「群星舞動慶雙十」，九月二十九日來到新州，我再次參與了僑委會策劃的這場盛會。好友夫婦開一個多小時車載我們抵達新州表演藝術中心（Ridge Performing Art Center），迎著微暗的天色，我們直覺地走向一排排中華民國國旗的方位，順利地擠入充滿黃色面孔的人群。點綴著中國文字的大廳裡傳來陣陣熟悉的鄉音，令人感到親切又溫暖，開幕時我禁不住滿腔熱情，高聲和眾人齊唱中華民國國歌。

今年的節目比去年還更精彩，主持人陳凱倫以《兩隻蝴蝶》的歌聲為晚會揭開序幕。他能說善道，幽默風趣的風格，帶動出一波波歡樂高昂的氣氛。來自臺灣的知名藝人郎祖筠、陸一嬋、方芳、蘇霈，以及今年六月榮獲二〇一二金曲獎的男歌手荒山亮陸續出場，兩小時的精彩演出，高潮迭起，臺上臺下一片熱情奔放。

郎祖筠，是外子出國前教過的學生，知道她高中時代就展現才華，全權負責校內英文話劇表演；這多年來她不僅從事舞臺劇、節目主持、導演和演藝教學，還曾入圍金鐘獎最佳女配角及最佳社會教育文化節目主持人。這位才女型的全方位藝人，以辣妹形象在臺上載歌載舞，高唱〈熱情的沙漠〉，烘熱了全場的情緒；另唱一首〈會無〉，特別獻給在場少數的客家人，體貼的心意，流動在深情的歌聲中。

被譽為臺灣最適合詮釋布袋戲歌曲的臺語歌手荒山亮，演唱獲得金曲獎的〈天荒地老〉。他用特有的滄桑柔情，娓娓傾訴對母親的情懷：「妳的笑容溫柔微微如風，輕輕吹入我的夢中……，妳是我的勇氣，我對妳情深意濃……」最後深情地提醒臺下觀眾──「有空要打個電話回家」。

擁有「東方美人」及「小周璇」美稱的蘇霈，出身華岡藝校戲劇科，在臺上以輕鬆幽默的方式表現京劇唱、唸、作、表的藝術精華。她的《西湖盼》，是一首融合京劇唱腔的創作，傳統京劇「紅娘」選段，也贏得一片叫好。還接受陳凱倫丟出的怪招，以京劇唸腔回應出一連串豐富幽默的戲劇效果，最後突如其來的一句京腔「Thank you very much」，更令全場捧腹。

方芳的脫口秀和模仿秀是當晚精采節目的最高潮。她先來一段自我解嘲，令人捧腹不已，繼而模仿凌峰、張帝、崔苔菁、楊麗花、蔣光超、郭小莊，傳神的表演，彷彿真人躍上舞臺，笑翻全場；唱功更是一流，不僅讓凌風張帝蔣光超的聲音重現，楊麗花的歌仔戲、郭小莊的京劇，無不維妙維肖；最後的一曲〈郊道〉，更是餘音繞樑，令人回味！不愧是「臺灣綜藝一姐」，全場不斷爆發的掌聲和笑聲，足以見證，這一夜方芳成功擄獲了九百多位觀眾的心。

最後一位出場的，是息影已久的「女王蜂」陸一嬋，受方芳力邀而來登場。熟悉的裝扮，唱著熟悉的「再看我一眼」和「可愛的玫瑰花」，令人有時光倒流的感覺。晚會最後，臺上臺下合唱〈站在高崗上〉、〈中華民國頌〉，全場沸騰，散發依依不捨的氣氛。

感謝新州北部美華聯誼會主辦了這一場充滿驚喜的演唱會，相信很多人跟我一樣，想對僑委會和方芳精選的一團優秀的藝人說聲謝謝。走出表演廳，星空下的人群裡，不斷傳出令我感到共鳴的話聲：從來沒有像今天這樣痛快的大笑過。這一夜太快樂了，特別記錄下來回味和分享。

（寫於二〇一二年十月）

【遊】

美情之旅

四月陪先生赴華府開會，趁機覽看這座歷史名城。

搭上遊覽公車，穿梭在莊嚴典雅的建築中。沿途上車下車，參觀一個又一個精彩的景點，進出一棟又一棟寶藏充實的博物館，頗覺得新鮮刺激興趣盎然。

午後，豔陽極力灑出熱情，照遍大地，也烘累了我的腦力。只覺得好生慵懶，斜靠車身，我竟然昏昏睡去。

「各位先生女士好！我叫查理……。」被一句活力四射的話聲驚醒，我張眼尋向聲音來處，原來換了個司機。「告訴大家一件非常令我興奮的事，今天是我擔任導覽司機的第一天。」

密閉的車廂裡，爆發出一串叫笑的掌聲，響起十分熱鬧的氣息。查理啟動引擎，車行緩緩，他邊說話，邊從駕駛座上扭過頭來，迅速掃看一遍滿場遊客。我看到他嘴角上的麥克風，也看到他光彩煥發的眼神。

「你們盡量放心！我絕對不會開錯路，我是在這個城市出生長大的……。」霎時，全車再一次報以歡聲。來自四面八方的觀光客，人人臉龐都綻放出燦爛的笑容，開始互相傳遞眼神，更有的彷彿早已熟稔，自然地交談了起來。

查理掌控方向盤，尋著古城的街道純熟地左彎右拐，在介紹車外景觀的同時，一面斜著腦袋殷殷詢問每位新上車的旅客的姓名州名。令人覺得不可思議的，每逢有人起身下車，他立刻展現驚人的記憶，朗聲道別：「某某州的某某某，後會有期，再見囉！」

明朗的陽光，此刻將一張張笑臉映得白燦燦，我的瞌睡蟲早已清醒，跟隨空氣裡飛揚的氣氛一起躍動。原本拘謹的心，已逐漸鬆懈下來；略帶疲累的思緒，也隱隱散放出浪漫的興味；筋骨緩緩解放，眼眉自由舒張。覺得無拘無束逍遙暢快，彷彿回到了青春年少！

遊畢太空博物館，迎向黃昏的涼風，坐在候車室。我興高采烈和方收工的售票員聊起這一天特殊的經驗和心情，話題自然地落到查理身上，聽到一個令我驚訝的消息——大家都知道，熱心的查理擔任「古城流覽」的司機已經超過十年歷史！

十年！

原來，我們遇到了一個有心人。

「今天是我擔任導覽司機的第一天……。」回想他活潑喜悅的聲音，充滿新鮮感的表情，我忍不住笑了。我甘心領受這一份善意的捉弄！

紛繁複雜的紅塵萬象，不停在擾亂眾生平靜的生活；粗糙現實的人生遭遇，無情地消磨人間原本豐富的溫情；眼見大千世界的心靈，紛紛競築防禦的堡壘……。

而他，刻意經營純潔新鮮，意興飛揚，開朗爽快的「第一天」的心情。為什麼？為什麼？我心了然。

想像十年的時光，他用體貼和耐心，幫助過多少旅人寬鬆心情，釋放本真。他盡全力導演出一齣又一齣充滿人情味的旅程，連綴起來，是一首多麼動人的溫情詩！

這一天，華府天邊的霞彩深刻地烙在我心頭。暮色中，我聽得到自己喃喃的心聲：Thank you! Charlie!

（一九九四年六月二十九日《臺灣新生報》）

森林湖之晨

去夏才遷來威州。聽說——威州有「五月雪」，威州幾乎沒有春天。冬雪大赦後，燦爛的夏就立刻降臨了！

是嗎？熱愛春天的我，不願相信。等到三月二十一日春分，便開始密切注意天地的訊息。見積雪融盡的草坪已竄出隱約的新綠，瀅潔如玉的長空飛來了一些知更鳥，我心釋然。北國的四月或許料峭如冬，只要我還嗅得到一點點春的氣息，內心就能感染到鮮明舒暢的活力。於是，搶在氣溫回升的一天，我們迫不及待迎著晨曦駛向傳說中最美麗的森林，那將也是嬌羞的春神最眷戀的地方。

我說威州的春神特別保守，助芽苞藏匿在幽微隱密之處避寒。故而，在深邃寬廣的林間，放眼所見都是高高矮矮的裸幹和粗細糾纏的枯枝，它們在空中爭舞，以朦朧的灰褐殘綠，為眼前的世界渲染出如畫的氣氛。

下車後，腳底踩踏著濕融的殘雪和去歲飄零的黃葉，迎著微風，任冰涼的曉氣輕撫臉頰。我舒暢地吐納鮮氣，愉悅地還顧四方。眼見無邊遼闊的湖面，籠罩著薄紗一般的霧氣，溫柔如夢：抹彩的雲天，陣陣群鳥掠過，翩翩成詩。這樣祥和脫俗的境界，真教人陶醉忘情。我像一個走出人間煙火的旅人，胸中俗慮早已逸入空遙的水天。

迎近湖畔，濛濛的空氣裡顯出一對老夫婦的背影，並肩坐在環湖的木椅上。老先生雙手向上伸展成V型停頓了半晌，緩緩落下，張開右臂攏住身側的妻，白髮貼近，想必還在竊竊私語吧！觀看此情此景，孺慕之心油生。白頭偕老，恩愛恆存，是多麼珍貴的情懷！令人不忍驚擾。

於是，我們悄悄遠離了河畔，默契地回望一眼老夫婦的背影，這才上了車，在充滿詩意的林間遊逛。心曠神怡之際，忽見一隻小鹿，從左前方微隆的坡脊奔出，倏地穿越馬路，幸運地閃過我們的車首，遁入了右邊樹林……，還沒來得急緩氣，驚見坡脊上又躍出另一隻大鹿，勢如破竹的奮進，眼看將要攔腰衝撞上車子了……，就在進退維谷，焦急慌亂的剎那，尖銳的煞車聲，激昂地劃破了寧靜的天空……，我絕望已極，全身緊繃的一刻，只見那頭英勇的壯鹿竟然以雷霆萬鈞之勢縱身騰起，神話般的飛越車頂，緊接著聽到「蹦！」的一聲著地巨響，彷彿要震碎我的心……。

我屏息錯愕！目光追尋到躲在枝椏紛疊的枯林裡相依偎的兩隻鹿，不禁恍然！野鹿不慎撞車身亡的事件迭有聞見，方才加速奮進的壯鹿，莫非為的爭取時空，要護緊幼鹿的安全，因而在生命攸關，千鈞一髮之際，豪不猶豫地破空凌越，迸發出精彩的風華，震醒了大地的活力。涼雲舒捲，草花皆歡！

滿懷新鮮之情，依依要遠離森林了。涼風裡飄盪著異樣的氣息，我的心中湧溢著無限歡喜。搖下車窗，傾聽林間的鳥雀啁啾，一片生氣盎然，惹我不禁也輕聲哼起了〈快樂頌〉。衷心感謝造物的宏偉神妙，以及冥冥中的緣繫，讓我和這般「美」、「好」，在清晨的森林裡巧遇。

無須等待，也不必懷疑。我心深處，正在享受威州的春天。這一個被溫馨烘暖，美麗不凡的四月天！

（一九九四年六月十四日《中央日報》）

岩石上的夢鄉

威斯康辛州的夏天最迷人。瀅潔如玉的長空，織錦如畫的綠野，碧波如夢的湖泊，處處展現幽雅的歐式風情。每年有許多鄰州居民來威州避暑，住在自購或租賃的湖邊別墅，悠閒地享受狂飆遊艇，垂釣露營，漫步森林的情趣。遊人最愛到威斯康辛河谷（Wisconsin Dells）去覽看冰河的遺蹟；美譽奔馳，充滿神秘色彩的「岩上之家」——The House on the Rock，更是愛好藝術和熱中收藏的人特別鍾情的景點。進入「岩上之家」去印證傳說中一樁不尋常的偉業，往往是外州遊人前來威州的最大目的。

峻岩危屋的緣起

亞歷山大・喬頓（Alex Jordan），由於健康欠佳，從軍未遂，跟隨父親投入建築事業。喬頓向來有一個願望，要在他童年最愛的嬉所，也就是祖母家附近風景奇美的高岩上，建造自己的家園。

The House on the Rock的部分外觀

一九四五年，喬頓果真實現夢想，在四百五十呎高的鹿蔭岩上，蓋好了一棟特殊的住宅。喬頓喜歡旅行，尤其熱愛參觀博物館，更嗜好收藏，陸陸續續從各國運回無以數計的寶物，陳列在他的岩上之家，將私人週末的休閒屋，裝飾成一個不平凡的王國。

一九六〇年，敵不過請求，喬頓開放私宅供充滿好奇心的威州居民參觀。古意的房間，神密的燈光，雅緻的設計，豐富的珍藏，誘人的氣勢。不多久，「The House on the Rock」神話般綺麗的傳說，開始引起了各方的關注和報導，逐漸吸引來大量的遊客，也給他單純的生活帶來很多的困擾。

喬頓做出了新決定，乾脆正式對大眾開放寶屋，透過收費的方式籌備資金支持他進一步的夢想。不多久，每年從四方湧進的觀光客就超過了五十萬，其後逐年增加，激發這位瘋狂的大師放手地投入更大的計劃，兼顧重建和維修的理念，最後連綿擴建成了十四個大廳。

畢生愛好收藏，對博物館情有獨衷的喬治，並不希望自己所經營的收藏王國流於一般博物館的格局。在他看來，都市裡的博物館，一棟棟密不透氣，死板而缺乏活力。而高入半空被大自然擁抱的鹿蔭岩，景色優美空氣清新，他要充份擅用這個優越的環境，讓遊人體會和享受到岩上之家獨一無二的藝術境界。

一九八五年，喬頓開始一項畢生最艱巨的工程，那是他努力策劃了四十年，形勢險峻，耗資巨甚的「無涯軒」（Infinity Room）。無涯軒的完工，為已經擁有四十英畝面積的岩上之家，創造了「稀罕」的最高境界，也為他燦爛的藝術生涯，畫出最耀眼的一頁。

一九八八年十二月，喬頓將岩上之家賣給長期的工作夥伴Art Donaldson，也是一流的收藏家和生意大亨。喬頓個人則繼續留在岩上屋擔任藝術總監，直到一九八九年十一月辭世。

遠觀 Infinity Room

親臨其境的驚豔

身為威州居民，地利之便，我們不會放過這個有口皆碑的名勝。

歷經一個半小時車程，來到Spring Green，再沿著「The House on the Rock」的路標蜿蜒前駛，不知不覺進入了一片美麗的森林。林間許多巨大壯觀的壺狀物，和古木爭高，守衛般的夾道佇立，瓶面奇形怪狀的動物雕塑或奇花異草；身在其中，竟覺得清涼的微風中滲透著一股神秘詭譎的氣氛。

終於尋到茂林掩擁中的岩上之家了，若隱若現，平添幾許雲深不

基地廂房之一隅

知處的幻覺。沿指標順利地來到入口，只見遊客紛紛對照手冊和壁掛平面圖，展開自我嚮導式的參觀。

我們彷彿陷入迷宮，只能茫從地步上詩意的長廊，左邊觀賞壁面上東方色彩濃厚的精緻鏤刻，十分古意盎然，右邊眺看臨岩的幽靜山容，頓覺心胸豁朗。長廊過盡，呈現眼前的就是結構和造型舉世獨一無二的「無涯軒」（Infinity Room）。

Infinity Room 長兩百一十八呎，由三千兩百六十四格樹脂玻璃結合而成，通體透明，一空依傍突出巨岩，睥睨青山，乘風欲飛。懼高的我，儘管相當懷疑長軒的力

圖書館

學結構，儘管內心十足恐懼，還是屏息躡足逼自己去走了一回。當天長軒在風中輕顫，緩步走到感覺上最脆弱的盡頭，我握緊先生的手，迅速看一眼迷濛空靈的山景，便立刻將視線集中腳尖，再不敢抬頭，想像萬一長軒折墜……，不禁毛骨悚然！

安下神來，開始左彎右拐，一路跟從人群爬上走下，這便進入了岩上之家的基地廂房。

這裡融合了東方與西方風格，低矮的天花板，古老的氣息，瀰漫一片暈黃的柔光，散放著幽遠而綺麗的意境。

古典的壁爐，綠葉招搖的小瀑池，精緻的家俱，琳琅滿目的收藏，每個物件都令人愛不忍釋。這才是第一個陳列室的入口，我無意中聽到身旁老美的輕聲對話——「精彩的好戲在後頭！」

經過鐘廊、避寒室、起居室、宴客廳、茶室、工作間、沉思室、研究室、陽臺、花房等等，都各得其所地陳列著各式養眼的藝品，在無限富麗幽雅的氣質裡，我嗅到了主人的品味和浪跡天涯的歷史。

聽到了美麗的樂聲，漸行漸響，尋聲來到貴氣十足的大廳，見到整齊的管弦樂器，層層疊列，裸露的弦柱在兀自顫動，彷彿是一群隱形人，正賣力地將著名的「Bolero」，詮釋出最誘人的旋律……。天外之音，溫柔地滲透屋宇，挑動著旅人的心弦，踩在凡塵岩表，我的感情竟隨著行雲流水的樂章升騰欲飛。

我透視得到喬頓曾經年輕熾熱並且充滿幻想的心靈，那樣的心靈已經化為成功的翅膀，永恆地守候在最原始的廂房裡；我也體會得出他沉穩自信不可一世的才情，以及桀傲不馴具有魄力和遠見的智慧，都已毫無遮掩地鑲嵌在Infinity Room新潮險絕結構嚴謹的每一吋角落。

沉思驚嘆未止，發現身旁竟環繞了一群老人，我用滿足的笑容向他們打招呼，離我最近穿著大花襯衫的胖女人，笑咪咪地也對我說了一句：「更精彩的在後頭呢！」很顯然，遊客當中許多是重訪名勝。我望著這群老先生老太太承載風霜的皺紋和積貯智慧的霜鬢，腦海裡的巨岩乍然化作一座現代金銀島，我成了島上受寵若驚的流浪者，稀世珍寶，任我拾掇。

音樂廳（時刻進行電動演奏）

我好奇的羽翼蓬勃待發，無法想像因著岩上之家的盛名逐漸發展造就出來的其它十幾個壯闊的廳堂，陳列的究竟是什麼樣的景觀和「驚喜」？和所有過客一樣，走出主廂房，在穿廊處接受了「來此一遊」的攝影服務之後，我們尋著指標去收藏廳。

懷古之旅 The Nostalgic Period

循著「The Nnostalgic Period」的標示，彷彿正沿著時光隧道走進一個古老的世界，輝煌的燈火，將古物照射出一片熱鬧旺盛的氣象。

眼前首先出現的是古式巨大的磨坊（Mill House）。老舊的氣息瀰漫，其間一座映射紅光的煤坑，逼真的巨型陳列，無聲地宣告人類自古以來的生活需求和華路襤褸之跡，引發出遊人向史事致意的情思。直徑十四呎的水車模型，竟然被我想像成一個為眾人的生存而呼風喚雨的巨人。還有各式各樣奇形怪狀的陳設和壁掛，處處牽引著遊人的好奇心。身處其間，任感情融入古意豐富的色澤裡，竟然有一種極純樸、極堅韌、極實在，極逍遙的感覺澎湃體內，撩撥著我心深處的弦音，呼之欲出……。那自然是一種深切懷舊才會出現的念頭——希望能真正回到幽遠的從前！

Street of Yesterday

看到「Street of Yesterday」幾個字，進入夜燈下，走向一個既神祕又燦爛，充滿特殊精緻的收藏和講求唯美建築的時代。

只覺得眼花撩亂，美不勝收。櫛比鱗次的建築，夢幻般的琉璃瓦，精緻典雅的門面，閃爍輝煌的燈飾。商店裡盡是東方西方名貴的古物，各種罕見精美的瓷器、銅器、銀器、家俱，大大小小，各式各樣填滿史跡的乘具、引擎、工具……。

左上：Street of Yesterday
右上：老街的民宅睡房
左下：老街的銀器店
右下：老街的理髮廳

具百年歷史的小提琴彈奏機

Music of Yesterday

接著邁入「Music of Yesterday」。西式的，一間比一間富麗壯觀的全電動音樂廳，耀眼的水晶燈，織錦如畫的地毯，詩意的彩光，雍容華貴的氣質。東方的，金碧輝煌的樂廳氣派非凡，閃亮亮的宮燈，琳琅滿目的傳統樂器，空氣裡盪漾著一首接一首耳熟能詳的絕世樂章，帶領陶醉的遊人，走入忘我的境界！

Heritage of the Sea

進入這個雄闊的大廳，去尋訪亙古以來海洋的遺跡。

海洋裡自然是一片幽暗，層影疊起，氣氛詭譎。壯麗的鐵達尼號，放射華光，展現詳和無恙的氣派。遙遠的世紀裡，果真有兩百呎高，巨碩無比的海生動物嗎？只見紛紛在陰森的海裡賣弄神威。看巨鯨狂浪，睹巨鱆猙獰，十分誇張駭人，然而極盡想像之能事的創意，值得喝彩！

上：海洋遺跡展覽廳
中：海底巨鱆
下：鐵達尼號（巨大模型）

這裡有世界最大的旋轉木馬廳

精華大觀（The Eclectic Era）

一、旋轉木馬廳（World's Largest Carousel）

跟隨著活潑的樂聲，進到一個熱鬧壯觀最吸引兒童的樂園——旋轉木馬廳（World's Largest Carousel）。大廳直徑八十呎，高三十五呎，兩萬盞彩燈，將旋轉臺裝飾得燦爛輝煌。兩百六十九頭多彩多姿的怪獸，坐在繽紛綺麗的騎墊上，七列比肩，正隨著喜感十足的旋律，專心進行一場難分軒輊的競跑，快樂喧騰閃亮亮的大廳，充滿奇異誘人的裝飾，半空中插翅盤飛的美女如雲，四壁像一片廣闊的疆土，繪滿奔騰姿態的稀罕動物。這樣一個費時十年，耗資四百五十萬美元，舉世最巨的Carousel，展現喬頓最逍遙無羈，充滿魄力又神通廣大的收藏能力。自此展開喬頓夢想中的「精華世紀」（The Eclectic Era）。

巨大的管風琴收藏室

二、管風琴室（Organ Room）

這裡新潮和古典兼容，萬花筒般充滿無可預期的變化。旋轉木馬廳的旋律猶在腦際徘徊，竟不知不覺已置身在廣闊的管風琴室，陳列各式各樣特別設計的巨大管風琴，橢圓形的，十來呎寬的，十幾層的琴鍵，蔚為奇觀。此外還有無數演奏式鋼琴，結構怪誕的電子琴，尺吋超乎尋常的喇叭、長笛等等，誇張改良過的樂器，在縝密的電腦連線控制下，正演奏著一首我所陌生的曲子，散發出屬於新潮的樂章。

三、娃娃屋（Doll House）

繼續前行，來到了早有聽聞的娃娃屋（Doll House）。閃亮晶瑩的大旋轉臺，六層高，上頭擠滿琳琅滿目大大小小或坐或立華麗多驕的娃娃，姿態萬千，充滿各種異國風情，前後左右起伏緩轉，紛紛向遊人展現獨一無二的風華。鄰近的大廳，陳列的應該算是娃娃們的家，我看到各式精巧的小娃娃屋，尺吋約雙肩寬，在夜幕的籠罩下，戶戶燈火通明，街燈下庭臺如畫花木扶疏。我忍不住隨著人潮對一棟棟雅屋品頭論足，還進一步透過小窗小門，去窺探玲瓏小巧的內部裝潢。知道那只是虛擬的娃娃國，卻彷彿已超過現實世界的繁複和奢華了！

上：數不清的娃娃屋
下：娃娃旋轉木馬廳（上面有數不清的娃娃）

四、馬戲團（Circus Room）

進入馬戲團（Circus Room）又是另一種景況。擎天的鋼架，險峻的設施，維妙維肖的人物，各種五彩逗趣的小丑，還有大象、獅子、老虎、猴子等等被裝扮過的動物……。十幾個熱鬧洋溢的馬戲團，每一團都掩藏不住競豔爭寵的威力，把娛樂的氣氛提昇到最高境界了。

上：馬戲廳的樂團（進行電動演奏）
下：氣派的馬戲廳一隅

五、東方古物珍藏館（Oriental collection）

最吸引我的自然是東方古物珍藏館（Oriental collection）。其實岩上之家的大部分廳堂裡，都陳列有各式各樣的中、日藝品作裝飾，喬頓的最愛和品味不言而喻。才進入以東方文物為專題的收藏廳，我立刻被眼前的中國景觀所震攝！巨幅的國畫，或山水，或花鳥，或人物，還有神話色彩濃厚的門神。古穆莊嚴的塑像，菩薩慈眉善目，豪強干戈在握。光澤柔潤的象牙藝品尤耐人尋味，幽雅華麗的山水宮闕，莊嚴的佛寺和佛像，巧奪神工的遊龍戲珠。華麗精緻的繡屏，繡著引發思古悠情的山水花鳥；高雅名貴的大小磁器玉器，透露古色古香的中國氣質……。據說，這一切中國人的至寶，於一九七三年自中國大陸來到了岩上之家，享盡了西方人的讚譽。面對這樣的事實，我的心裡其實充滿了矛頓，有驕傲，也有感傷！

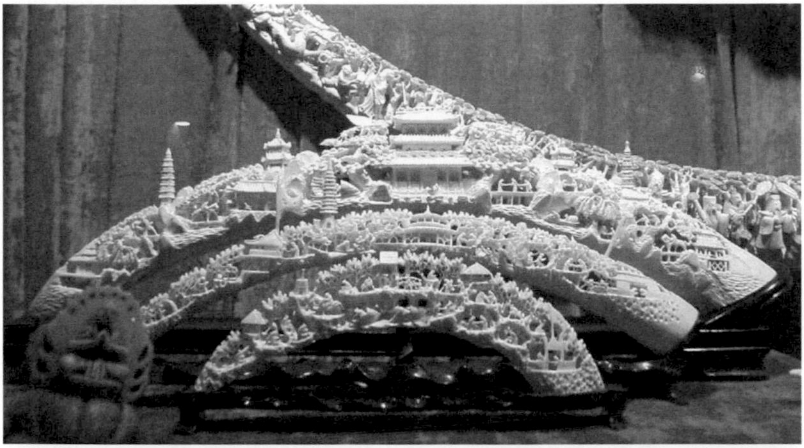

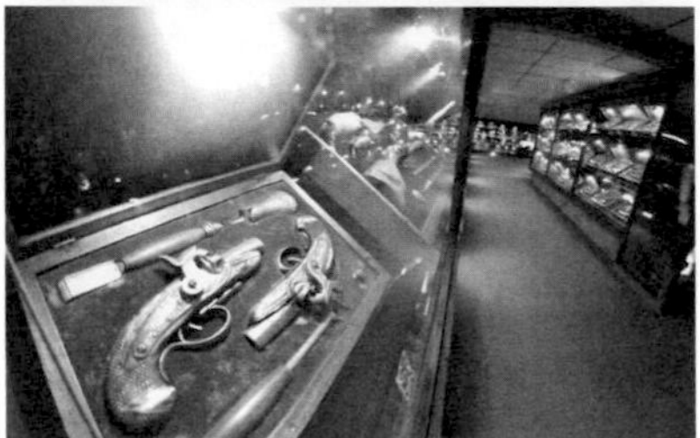

上：東方象牙藝品
左中：東方象牙藝品
右中：英國皇室珍寶收藏廳
左下：武器廳

六、皇室珍寶「Crown Jewel Collection」

馬蹄匆匆，竟也耗去了五六小時，對照手冊上的資料，還遺漏了好幾個大廳，諸如「未來廳」（Future Exhibit），「武器廳」（Weapons Exhibit），只能冀待來日重訪了。最後的佇足，被皇室珍寶「Crown Jewel Collection」深深吸引。

寶藍色絲絨背景，高懸英國女王和王夫年輕時代的玉照；層層陳列的，還有英國的后冠，貴族的頭冠，舉世稀罕的珠寶，以及數十把鑲珠飾雕的王室寶劍，五彩輝映，光芒閃耀。我大開眼界，也深感迷惑，究竟，英國的國寶，如何能成為喬頓的私人收藏？終於找到答案了，這些都是倫敦皇室珠寶的複製品，無論質料造形，皆製作得一如真品。

結語：永恒的夢鄉

尋常百姓，在頑岩上築夢，竟能如此奇、美、巨、大，超乎想像，令人動容。人生有夢，圓夢的過程難免荊棘縱橫。喬頓的收藏夢最不尋常，處處展現凡人不敢輕觸的野心。實踐之初，波折再三，屢次遭遇世俗苛薄的嘲諷，甚至曾有多年的時光，「瘋子」、「傻瓜」成為喬頓的代稱。難得喬頓的藝能和智慧既廣且深，其毅力和信心穩定如山堅韌卓絕，所以扛得起如天大志，熬得過無數個財務危機，終於圓得了驚世美夢！

如今的岩上之家，儼然富可敵國。聽說喬頓生前對於個人日常生活用度，小氣至極，竭盡所能的儉省，念茲在茲的，都是存錢購買稀世珍品。在多雪的威州，喬頓曾因捨不得將金錢用在廉價的雪鹽上，在滑溜的車道上跌成重傷。又聽說，喬頓喜歡安靜自在的生活，由於媒體的熱情追蹤，他只好儘量晝伏夜出。白日裡偶爾出入岩上之家，被眼尖的遊客逮到，便謊稱自己只是貌似喬頓的鉛管工人。

走過喬頓用心用血用一生的努力打造而成的岩上之家，和許許多多遊客一樣，我們對喬頓其人充滿最深的好奇心。胸中滿載激情，在揮別的時刻，忍不住一再回首。薄暮中的岩上之家，籠罩在害羞的雲彩下，在我腦海中展現出一種千變萬化的丰姿和神秘感。

我想像喬頓坐擁林梢處的柔雲，聆視旅人的心情；我想像喬頓的靈魂，恐怕未曾離開過這個舉世獨一無二的家。這是他費了半世紀時光，耗盡一生所有，苦心營造而成的——永恆的夢鄉！

（一九九五年九月十日《世界日報・世界周刊》）

圖片來自pubic domain：http://www.thehouseontherock.com/HOTR_Attraction_PhotoGalleryShow.htm

附註：The House on the Rock豐富的收藏，一天不可能看完，近年已結合餐旅業的服務，方便遠到的旅人。

人在巴黎

七月初，結束西班牙之旅，飛往法國。

午間抵達巴黎，冒大雨登上計程車前往旅館。雖是五星級旅館，卻電梯窄小，睡房擁擠，充分反映巴黎的寸土寸金。由於此程計劃逗留的時日不多，發現雨停了，我們一家三口趕緊離開小如監獄的睡房出去探險。雨後的花都有如一首詩，溫柔的陽光拭亮了我的心情，很快便找到地鐵入口，等不及要趕去巴黎最美麗的香榭麗舍大道。

被夏雨洗滌過的法國梧桐樹釋放著溫潤養眼的綠意，我們心曠神怡漫步林蔭大道，享受清幽的氣息和濃郁的詩意，眺看鄰近塞納河上的粼粼波光。兩艘遊船正在水中前行，上下層坐滿花花綠綠的遊客，無數的手在空中揮動，歡叫聲此起彼落傳來了岸上，我不由自主地舉高雙手回敬突然湧來的熱情，身旁不知何時擠滿的一群人，也都在一面揮手一面大聲地叫囂呼應。天公不作美，又一場急雨，無情地稀釋這盪漾在塞納河上的浪漫情調！

雨停了，一切都回復寧靜，連日來旅途中的勞頓似乎也被滌淨了。小心翼翼步下石階，原想臨近欣賞在雨中撩撥詩意的青青柳條，四周的景緻出落得好叫人陶醉，躲在爸爸傘下的女兒開始照起相來了，我卻恨不得將河畔風華絕代氣派古典的建築一一烙入腦際。逐漸暗淡的天色，為御風凌空的埃菲爾鐵塔點染了幾分神祕的氣質。

晚餐去吃道地的法國菜，一小杯礦泉水要價四歐元，想起朋友說過的話：到了法國，喝酒比喝水便宜。飯後迎著涼爽的晚風歸巢。世界最大的巴黎歌劇院鄰近我們下榻的旅館，皇冠般的圓頂，高壯的拱門，碩大的立窗，臺階上一組組精緻的大理石雕像，四面八方都是耀眼的銀光，整體迸發出綺麗又夢幻的意境。此情此景，無聲無息，卻在我內心激出The Phantom Of The Opera的旋律，我邊走邊輕聲哼唱起來，印象中百老匯的情節，一幕幕鮮明地在腦海中華麗上演。

氣象預報要繼續下雨。清早起床展開窗簾，眼見對面廊簷下的一團花被子；想必就是聽說中無家可歸只能睡在巴黎街頭的流浪漢。親眼目睹感慨良多，美麗富裕的巴黎，貧病交加的流浪漢，兩者是多麼極端的對比，卻真實地同步存在！

走出旅館老天就開始飄雨，直到鑽進地鐵才鬆了口氣。我接過先生收攏並縮短的黑傘，發現上頭的小標籤果然印著「Made in China」。這是前一刻在雨中趕路時，路邊小販操流利的國語推銷的。還得感謝這把傘，在地鐵上助了我們一臂之力。

巴黎的扒手是出名的，我們見識到了。地鐵的門開啟的一刻，所有等待上車的人彷彿被綁成了一團，只覺得前面幾個旅客動作奇緩，將我們擋在不上不下的車門入口，我掙扎著往上邁步，一面轉頭拉女兒一把，竟瞧見女兒的背包正鑽進一隻陌生人的手，我用力拔出被夾在身側的傘，斜過上半身重重一揮，將那隻怪手擊退，只見先生迅速搶過了傘，我眼睛的餘光瞄見傘柄正好敲在一隻伸入我背包的手臂上，就那瞬間，原本擋在前面的幾個人竟忽然來個大轉身，莽撞地推開我們往外衝，感到莫名其妙的當兒，我忍不住喊道：「What are you doing…」，便眼睜睜看著一夥人，在車門未關上前旋風一般地跳回了月臺。

車廂內並不擁擠，找到位子坐下，我驚魂甫定，回想方才的事件雖時間短暫卻極為慌亂，然而車廂裡親眼目睹的人們，自始至終一副漠然的表情，倒像是我們大驚小怪了。檢查沒有任何損失，我在心裡謝天謝地，設想護照或現金遺失了，這趟巴黎之旅泡湯了不說，更少不了一大推煩惱和麻煩。

抵達羅浮宮了。氣派的廣場上人潮如海，花傘瀰漫，長龍一般的隊伍幾度迴轉，環繞著中國建築師貝聿銘設計的玻璃金字塔。旅人從世界各地來到這裡，都要經由金字塔才能邁入羅浮宮，去親睹舉世著名的寶藏。

身為中國人，一步步走近金字塔，無限光榮的感覺，也默默向貝聿銘致敬。

《維納斯》、《勝利女神之翼》以及《蒙娜麗莎的微笑》，羅浮宮的鎮宮三寶前似乎永遠都站滿了人潮，保護在防彈玻璃櫥裡的蒙娜麗莎畫像，最是擠得水洩不通，由於這幅畫尺寸不大，被擠在後面的我不可能仔細欣賞。羅浮宮展出的藝術品超過三萬件，其實也只能選擇性地走馬看花，一天下來身心都夠疲憊了，卻在走出羅浮宮的一剎那，被廣場上的燈海照出精神，尤其是夜空下的金字塔，燦爛輝煌無與倫比，叫我們禁不住地讚嘆！

興致大發，當下轉往河岸，趕上了遊船。迎著晚風，塞納河畔的建築在閃爍的燈火中炫耀著無盡的富麗堂皇，最是那灼灼煌煌的艾菲爾鐵塔，映在五彩斑斕的夢幻水面，終夜在我的夢鄉迴盪。

想必在船上著涼了，翌日醒來母女倆都覺得喉嚨不適，胃口不佳，一家三口決定到唐人街去閒逛。巴黎的唐人街和紐約很不一樣，沒有牌坊或其他標誌性的建築物，只有密集的中國商店和餐館，到處看得到熟悉的鄉容，說著讓人倍感親切的廣東話或潮州話。我們痛快地吃了道地的中國菜，還買了月餅以及幾樣想念的家鄉水果，其中肥美的荔枝，無比的清香甜潤，絕對是我們在任何地方都不曾嚐過的滋味。最冤枉的是，為了最愛的荔枝，我們隔天又冒雨去了趟中國城，卻一顆荔枝也沒看到，落得空手而歸。

新的一天，我和女兒宣稱是陪一家之主前往榮軍院。院中央豎立拿破崙英挺的塑像，院側是一排排十七、八世紀的青銅大砲。進到世界上軍事藏品最豐富的軍隊博物館，我們親睹十四世紀以來各式各樣稀奇古怪的武器、盔甲、重要的紀念品和價值非凡的歷史文物。榮軍院教堂闢有貴氣的專室安置拿破崙陵寢，滑亮氣派的紅色斑岩大石棺莊嚴肅穆，叱吒風雲的英雄長眠於此，供世人悼念。

難得氣象預報不下雨。出了榮軍院，正好趕上了遊覽車。坐在毫無遮掩的頂層，午後的太陽越來越熱情，我們壓低帽沿，把握時間吃著前晚備妥的乾糧。

寬闊的大街上綠樹十分稀少，兩旁矗立著拿破崙時代規模龐大氣勢森嚴的建築。覽車的路線自然是設計過的，沿途所經都是平常在風景圖片上很容易看到的漂亮著名的景點，然而無論如何都不及親眼目睹，不論是高貴的古典或是風雅的現代，處處透露著大氣的精神和綺緻的魅力，觸動著遊客的感觀。讀萬卷書不如行萬里路，只有親自來到這個藝術之都，才能真正體會到她獨一無二的風情。

最後一天，上午依計劃先赴著名的蒙馬特高地。根據旅遊資料，高地是秀麗又獨特的一區，是十九世紀所有狂放不羈的藝術家集中的聖地，長期以來保持著巴黎文學和藝術的霸主地位。

我們氣喘吁吁拾級直上，聞名的聖心大教堂巍然屹立；教堂前庭人氣鼎盛，石階上下許多遊客忙碌地拍照，小販們四處兜售紀念品，還有幾隻經過裝扮的名犬，趾高氣昂隨主人在群眾裡穿梭。我們排隊跟進寬闊宏偉的大廳，迎向四面精美絕倫的壁畫；大廳裡旅人絡繹不絕，卻相當安靜，我雙手合十跟著信徒們禱告，體驗莊嚴的氣氛和神秘的境界。

聖心教堂居高臨下，遠近一片蒼茫，步下教堂，我一路感受天地的深邃和寬闊，讚嘆自然界無遠弗屆承擔萬古的力量。不多久抵達高地廣場，俗稱的畫家村。

畫家村一片陽光普照百鳥聲喧的氣息，遊人摩肩擦踵，數不清的畫家在當場寫生。坐在經驗豐富的畫家面前，個個耐心地等待自己栩栩如生出現畫面的一刻，時時聽得到人潮裡一波波熱烈的掌聲。

碰到一位中國人替我們作畫，海外相逢倍覺親切，相談甚歡。得知每逢春夏遊人如織的旺季，畫家們往往從早上九點工作到翌日清晨三點鐘；目前巴黎有十萬個左右來自四海的畫家，受場地限制，申請到在此作畫的只有五六百人，兩人輪用一個攤位，每年付給政府少許的場地使用費。畫家們大多喜歡住到遙遠的鄉下，因為那裡環境清幽空氣新鮮房價便宜，每天搭地鐵來回十分方便，至於屬於個人的畫具用物，收工後多半存放在附近一個付費的儲藏室。

文人雅士的據點「靈兔」餐館就在附近，也知道入夜便立刻熱鬧非凡的娛樂場所「紅磨坊」座落在不遠的山腳下，然而時間有限，這兩者我們是無緣親臨了。來到巴黎第一天我們就約定好的，最後一夜，要登上巴黎最醒目的地標埃菲爾鐵塔。

人算不如天算，陽光彷彿是在瞬間消失的。巴黎的天空像極了美麗善變的女郎，幾日來我們已經習慣這種忽而陽光普照忽而陰雨連綿的天氣。撐著雨傘趕到鐵塔，又是一片人山人海，美麗的巴黎永遠都不寂寞。終於擠進鐵塔的電梯，幾乎動彈不得，雖然被夾在濕濕黏黏的人群裡，依舊滿懷希望，因為，這裡是美麗的巴黎，儘管雨水吞噬了黃昏的夕陽，我對居高臨下的雨中夜景，別具信心。

果真，蒼茫細雨為巴黎的高貴和華麗平添不少嫵媚。天色漸漸暗下去，遠遠近近的燈光由小而大閃爍開來，逐漸編織出一片眼花撩亂撲朔迷離的景緻。金色凱旋門更加光芒萬丈了，幽深浩瀚的氣息更加放曠了，燦爛紛飛的五光十色更加幻化了，啊！越夜越美了……。

一縷思古幽情，就著眼前的美景，在我腦海氾濫開來……。

（寫於二〇〇二年十月）

江南遊記事

「啊……江南，春二、三月，草長鷹飛……」，我年輕時愛唱的一首「憶江南」，裡面這幾句歌詞，飄揚又瀟灑，時時盪漾我心深處。多少年來，想盼著，等待著，堅持著，就是覺得應該搶在三月的日子去江南，一心要和詩詞中所描繪的風情相遇。

排除萬難，我們終於安排在今年三月去江南。歷經十四個半小時的飛行，抵達壯觀的浦東機場，先到窗口兌換人民幣，順利地在機場大廳找到旅行社的旗幟。年輕親切的負責人被團團圍住了，伸著脖子努力撐出半張臉，手裡捏著一疊名單，邊唱名邊低頭朝每個團員的護照和行李上貼車號。原來，明天出發的江南遊有四團，和我們同屬四A這一車的有三十個團員，大部分都已在上半天抵達旅館報到了。接下來，大夥兒迎著黃昏的光影，被領到機場廳外的廊道等候。接待的車子遲遲不來，人人縮頭跺腳，凍成一團，首先領教到了江南的「春寒料峭」，連來自美國新澤西州的我們也有點消受不了。

車子姍姍來遲，氣派新型的遊覽車。師傅（司機）和導遊將車身下部的門用力一掀，俐落地幫我們將大小行李依序存入。這就是未來幾天要載送我們的交通工具，可以容納五十人。

我第一次踏上中國大陸，對傳說中進步的新中國充滿好奇，旅途雖然疲累了，仍準備要將現代化的中國看清楚，還不自覺地跟臺灣做比較。車駛高速公路上，車窗水氣迷漫，我掏出紙巾擦出一塊清晰的窗面，我們的車子顯然比過往的都高，透過濛濛的天色，望向遠遠近近高高低低的建築，可以感受到一種廣大和先進的氣息。天色全暗的時刻，覽車正好駛下高速公路，穿入燈火輝煌的車流中，左彎右拐都是寬闊卻擁擠的大街，一幢幢高大氣派又新穎的建築，有些商業路段竟然很像臺灣，我在睡眼惺忪的片刻，差點誤以為回到了臺北。

抵達酒店報到時，接待員指劃著桌面上的一頁文字要我們細看，一面重覆道：「明天要備傘，會下雨……」

我知道的，不但明天會下雨，未來天天會下雨，行前就在網上查過了。「煙雨江南」，聽說一年三百六十五天，江南地區有一百五十天以上會下雨。既然「人人都說江南好」，那麼，雨，應該不是問題了……。

住進五星級酒店，感覺踏實了些，我們迎著微風細雨往旅店服務生指點的高級區逛去。開始使用人民幣，吃了晚餐，找到了水果攤，居然賣龍眼，包裝紙上印著「新鮮」、「健康」等字樣，看著都想流口水，當然要買囉！一路走著，踏在中國的土地上，心情很特別，是愉快的。然而還是有點陌生和不習慣，覺得餐館不乾淨，服務生不周到，食物不對味口，售貨員太冷漠，物價不便宜。

我不是picky，這些其實都是出發前就知道的事情。

臨睡前，我還是問了先生：「雨，應該不是問題吧？」

「只要喜歡江南，就沒有問題。導遊規定了明天六點叫早，趕快睡覺！」

****

由於認床和時差，加上酒店房間隔音不良，一夜睡不好。自我安慰一番，心情好就行了，更何況是參觀遊覽的第一天。第一天當然是新鮮的，然而，對我們而言，更新鮮刺激的事情，還未登上遊覽車就發生了。

一早，酒店的餐廳提供「包肥」，人來人往取菜時，我感覺看到了一張藏在記憶深處的熟悉面孔。餐後大家集合等車的當兒，我難抑心中的好奇，刻意張望找尋，發現擁有那張面孔的男士竟然就站在我們這一團裡。我和先生仔細看了又看，還是沒有把握，遲疑著不敢前去相認。實在不相信，在美國失聯多年的朋友，今天也來到上海，也是參加同樣的旅行團，也將和我們搭同一部車去遊玩了！這種方式的不期而遇，機率未免也太小了吧。

很像，應該就是長得像吧！我們做出比較可靠的結論。

忽然，男士身旁閃出了一個女人，我能確定那人就是Joyce……。我一面懷疑自己是否在做夢，一面毫不猶豫堅決快步地朝他們走去了……。

二十年前，先生任教威斯康辛大學。在中國人稀少的大學城，幾戶中國教授很自然地連繫在一起，其中黃教授特別資深，夫人Joyce很熱心好客。威州四年，他們在日常生活中給予了我們很多指導和照顧，留下許多美好的回憶。離開威州來到美東，每當回顧威州往事，一定會思念起黃教授和Joyce。

這是一場恍如隔世的重逢，八隻眼睛露出驚詫的神色忙碌地交會著，忘我地搶話說，難抑興奮之情，直呼不可思議！他們退休後遷居波士頓已有兩年，巧合地報名了這一梯次的「江南遊」，居然還和我們同車。分隔十五年多的朋友，真真確確地，我們在這種情況下重逢了！

平常的世界是多麼大啊！可今天我見證到了世界的小。彷彿隨便去到一個地方，只要輕鬆抬起雙手，就可以擁抱思念的朋友。

我相信緣份。今天，三十位來自世界各地的旅人，我們相會於上海，未來幾天要一起同車遊江南。有緣千里來相逢！這趟「江南遊」，具有緣份的加持，也在我的生命篇幅裡，添增了耐人尋味的一章。

（寫於二〇一二年四月）

釀文學153　PG1109

青春永駐
——余學芳散文集

作　　者　余學芳
責任編輯　蔡曉雯
圖文排版　楊家齊
封面設計　陳怡捷

出版策劃　釀出版
製作發行　秀威資訊科技股份有限公司
114 台北市內湖區瑞光路76巷65號1樓
電話：+886-2-2796-3638　傳真：+886-2-2796-1377
服務信箱：service@showwe.com.tw
http://www.showwe.com.tw
郵政劃撥　19563868　戶名：秀威資訊科技股份有限公司
展售門市　國家書店【松江門市】
104 台北市中山區松江路209號1樓
電話：+886-2-2518-0207　傳真：+886-2-2518-0778
網路訂購　秀威網路書店：http://www.bodbooks.com.tw
國家網路書店：http://www.govbooks.com.tw
法律顧問　毛國樑　律師
總 經 銷　聯合發行股份有限公司
231 新北市新店區寶橋路235巷6弄6號4F
電話：+886-2-2917-8022　傳真：+886-2-2915-6275

出版日期　2014年2月　BOD一版
定　　價　290元

國家圖書館出版品預行編目

青春永駐：余學芳散文集 / 余學芳著. -- 一版. -- 臺北市：釀出版, 2014.02
面； 公分. -- (釀文學；153)
BOD版
ISBN 978-986-5871-82-6(平裝)

855 102026345

讀者回函卡

感謝您購買本書，為提升服務品質，請填妥以下資料，將讀者回函卡直接寄回或傳真本公司，收到您的寶貴意見後，我們會收藏記錄及檢討，謝謝！
如您需要了解本公司最新出版書目、購書優惠或企劃活動，歡迎您上網查詢或下載相關資料：http:// www.showwe.com.tw

您購買的書名：________________________________

出生日期：________年________月________日

學歷：□高中（含）以下　□大專　□研究所（含）以上

職業：□製造業　□金融業　□資訊業　□軍警　□傳播業　□自由業
　　　□服務業　□公務員　□教職　□學生　□家管　□其它____

購書地點：□網路書店　□實體書店　□書展　□郵購　□贈閱　□其他

您從何得知本書的消息？

□網路書店　□實體書店　□網路搜尋　□電子報　□書訊　□雜誌
□傳播媒體　□親友推薦　□網站推薦　□部落格　□其他________

您對本書的評價：（請填代號　1.非常滿意　2.滿意　3.尚可　4.再改進）

封面設計____　版面編排____　內容____　文／譯筆____　價格____

讀完書後您覺得：

□很有收穫　□有收穫　□收穫不多　□沒收穫

對我們的建議：________________________________

____

____

____

請貼
郵票

11466
台北市內湖區瑞光路 76 巷 65 號 1 樓
秀威資訊科技股份有限公司 收
BOD 數位出版事業部

（請沿線對折寄回，謝謝！）

姓　名：______________ 年齡：________ 性別：□女　□男

郵遞區號：□□□□□

地　址：______________________________

聯絡電話：(日) ______________ (夜) ______________

E-mail：______________________________